© L'Harmattan, 2011
5-7, rue de l'Ecole polytechnique, 75005 Paris

http://www.librairieharmattan.com
diffusion.harmattan@wanadoo.fr
harmattan1@wanadoo.fr
ISBN : 978-2-296-13959-6
EAN : 9782296139596

L'automne de Mona

à Jacqueline Martin

Du même auteur

Récit

Dialogues et monologues de long séjour, les éditions de l'officine, Paris, 2005.

Romans

L'ombre de la forge, les éditions de l'officine, Paris, 2005.
Le vieux grimoire de Luxeuil, les éditions de Franche-Comté, Vesoul, 2006.
Et le temps s'arrêta, les éditions de l'officine, Paris, 2008.
Qui peut me dire, l'Harmattan, Paris, 2010.

Romans jeunesse

Pachyi-Pachou et ses amis dinosaures, les éditions de l'officine, Paris, 2006.
Mammifelle chez les dinosaures, les éditions de l'officine, Paris, 2006.
Corne d'or, les éditions de l'officine, Paris, 2009.

Danièle Vogler

L'automne de Mona

Roman

L'Harmattan

Rentrée chez moi, je sais me retrouver. J'ai rompu le grand dictat de l'hôpital. Je peux choisir mes miroirs, ceux qui m'avaient accompagnée dans mes peurs, mes déchéances et mes rebonds. Je m'étais de tout temps disséquée pour me recomposer, mais j'avais eu besoin des autres pour être. Je m'y reflétais.

Aujourd'hui il n'y a plus personne. Plus d'attention pour ce corps qui s'effeuille.

Je trouve à mon retour, une lettre de Clémence. Je l'écarte d'abord, sans la décacheter, elle vient d'un autre monde.

J'ai ma valise à ouvrir et à en extraire tout ce qui peut encore me rattacher à l'hôpital que je viens de quitter définitivement. Terminé les protocoles !

Je cherche un livre, un disque, un programme de télévision. Je me lasse de tout. Seules mes plantes m'occupent un peu. Je soigne les résédas, eux me tournent vers le passé. Rien n'est plus simple que le passé.

Enfin, je lis la lettre de Clémence. Elle commence par me dire d'écrire nos parcours et me parle de notre pacte. *Je ne me souviens pas de pacte. Se doute-t-elle que je me sens bien loin d'entreprendre quoi que ce soit, que je ne veux pour m'animer un peu que les vieux rêves, qu'en matière de construction je vais plutôt à l'envers ?*

Plus loin dans sa lettre :

« *Tu souffres chère Mona, écrit-elle,*

(*Je ne pense pas avoir fait allusion à une quelconque souffrance depuis que nous nous sommes quittées, Clémence ne sait rien de ma blessure*).

Tu souffres chère Mona, ne te préoccupe plus du temps...

(*Je ne comprends vraiment pas le sens de cette lettre*).

Ne te crois pas plus ou moins libre, selon que tu es seule ou enchaînée, à n'importe qui, à n'importe quoi... ne t'affole jamais... »

(*Elle en parle un peu facilement, sait-elle seulement où j'en suis*).

Il me semble qu'il y une éternité que je n'ai plus vu Clémence, et pourtant, il ne s'est pas passé plus de deux ans depuis notre dernière pièce. Je ne crois pas me tromper bien que mes jours aient pris une toute autre dimension. Clémence a été pour moi, pendant une saison, à Paris, à Sète, une partenaire de théâtre attentive, un modèle, un maître. Nous avons été, cette année-là, Clémence, Henriette et moi, trois voix pour « La Jeune Parque » de Paul Valéry que Jordan avait mise en scène.

Henriette. Si jeune Henriette, tellement à l'aise avec Jordan et ses règles. Il s'adressait souvent à elle. Il acceptait ses réponses, il avait pour elle une indulgence particulière. Elle débordait d'activités. Elle était toujours chargée, transportait d'énormes sacs, des dossiers dont elle prenait grand soin. Elle me dit une fois, rapidement, un mot sur les « fleurs de plomb » alors que je lorgnais un de ses paquets informes.

— Des fleurs de plomb ? Je n'ai jamais rien entendu de pareil.

— Oui Mona, je les appelle ainsi. Nous sommes une équipe à les avoir étudiées. Nous n'en avons pas encore fini avec elles et avec d'autres plantes purificatrices. Elles peuvent assainir les terrains pollués. Il ne faut pas ouvrir pour l'instant, je te montrerai plus tard, ce sont des fleurs à l'étude, des fleurs qu'on expérimente sur des anciens terrains d'usine...

A ce moment-là, Jordan avait coupé court. J'aurais aimé en savoir plus.

Clémence, elle, ne s'intéressait pas au mouvement des autres. Elle s'isolait. Son corps était toujours couvert avec une étrange précision. Ses tissus enfermaient sa minceur. Des tailleurs trop stricts, trop noirs. Nous lui en avons pourtant connu un rouge. A ces heures rouges elle était souple et son visage moins ridé, ses yeux prenaient tout leur éclat sous la masse de ses cheveux frisés. Cette chevelure n'avait réussi à se discipliner que dans deux grands peignes symétriques. Jordan la fit raidir et mollir puis la rasa.

Et dire qu'Henriette et moi avions eu pour Clémence des attentions déplacées, une mauvaise compassion pour son âge. Nous pensions qu'elle était vieille, trop vieille pour arpenter la scène. Nous lui tendions sa chaise. Elle nous foudroyait de ses yeux noirs aux immenses cils sans couleur.

Clémence ne me parla vraiment d'elle qu'une seule fois. Elle répondit ensuite, vaguement, à quelques unes de mes questions. L'ai-je jamais trahie ?

Sa peau, celle qui dépassait aux poignets, au cou, ne l'avait-elle pas déjà trahie depuis toujours ?

Quand Jordan exigea qu'elle quittât sa cuirasse, une de ses robes de nonne hermétiques qu'elle mettait le plus souvent, elle savait qu'il le lui demanderait, elle sembla accepter l'audace de son costume de scène.

Clémence interprétait la Parque dans la mort. Jordan voulut qu'elle portât le texte à même la peau.

— Dos nu, bras nus, Clémence !

Il lui remit cette chose, d'autorité, un vêtement comme un filet, aux mailles lâches, qui ne la protégeait plus et qu'elle aurait sur elle, dans tous les actes de la pièce.

Au premier essayage, je ne vis d'abord que des cratères roses et violets sur ses bras, son dos, son cou, un relief de granit, des veines de marbre. Et de longues coulées dans les plis. J'allais de cette érosion à ses yeux de feu. Nous étions dans sa loge, c'était le soir, elle rodait sa robe de scène. Je crois qu'elle souffrit sous mon regard. J'étais venue là, par hasard, c'est elle qui me fit entrer, elle insista même pour que je reste.

C'est là qu'elle se raconta. Etrange, insolite, cette confidence en ces lieux où rarement l'on se parle. Je l'écoutai, fascinée.

Enfant, Clémence fut brûlée, ébouillantée par une mère démunie. L'accident freina sa croissance et l'isola dans un enfermement qu'elle peupla de doubles, de triples. Elle coula son corps dans des identités qu'elle inventait. Elle s'en fit des romans. Elle aima ces êtres de fiction et ne vécut plus que pour eux. Elle travailla ses muscles sous cette peau blessée, elle perfectionna son langage, elle amplifia sa voix. La voix de Clémence, orgue, filet d'eau ou tempête. Pourtant, toute petite, elle avait passé des nuits, enfermée, à se taire.

— Mes nuits enfermées dans le réduit, mes nuits enfermées, dit-elle, détachant chaque mot, je crois qu'il y en eut beaucoup, mais sait-on vraiment avec l'enfance qui fait le temps si long. J'étais bien petite et craintive, pourtant je ne me servais pas de larmes. Je me suis seulement habituée à moi, à la solitude étroite de mon réduit. J'ai mâchonné la salive, j'ai caressé mon ventre, je lui ai appris à ronronner avec des bouffées d'air, une aspiration dans le coin du cagibi, là où c'était plus frais, un peu au-dessus de la raie lumineuse. La raie lumineuse, je ne savais pas d'où elle venait. Je n'ai jamais cherché à le savoir, je n'ai pas voulu. Elle avait son mystère et son pouvoir, espoir d'un ailleurs. Qui pouvait bien veiller quand moi je pourrissais dans ce trou ? J'appris tout du souffle. Je l'éduquai afin qu'il ne se fît entendre que de moi, à ce qu'il ne passât point la porte. J'avais pris assez de coups à cause de cette voix rétive, qui arriva une fois ou l'autre, je ne sais comment, jusqu'à ma mère. Pauvre mère, j'étais sa victime et son tourment, sa honte. Ma voix avait une outrance pour elle. Elle me menaçait souvent, hurlant : « Je te le couperai ton sifflet ! »

— « Ton sifflet », répéta Clémence, « sifflet ».

Il me sembla qu'elle voulut s'arrêter là, c'était déjà trop. Trop de mots, trop d'idées.

J'étais suspendue à ses lèvres. Voulut-elle, malgré tout, répondre à mes questions ? Etrangement elle poursuivit :

— Sifflet ? Pire ! dit-elle. A cinq ans, ma voix avait définitivement pris sa démesure. J'avais d'abord fixé pour elle les modulations où l'on s'enferme, puis je lui permis de se mesurer à l'espace que je lui trouvais. Tous les prétextes furent bons pour la laisser jouer, je chantais, je recherchais les chorales, les stades où je hurlais, les manifestations de rue. A cause d'elle, je me faisais rappeler à l'ordre, je m'en arrangeais. Elle savait rentrer en moi. Je la tenais tranquille jusqu'à une autre occasion. Une bagarre. Je laissais alors ma mère régler mes comptes, elle acceptait enfin mon enfance turbulente. Elle sortait de son enfer, je ne sais comment, mais elle commençait à me tolérer.

J'eus un tuteur. Ce fut la grande chance de ma vie. Il comprit ma voix, lui. Pourtant on aurait pu croire que j'hébergeais une diablesse. Flûte ou tonnerre, cette voix mettait le monde en désordre, tordait mes lèvres, étirait ma taille, mon cou, rougissait ma gorge et mon front.

« Elle est possédée cette gamine », disait-on autour de moi.

Mon tuteur pensa que je pourrais faire du théâtre. Je n'y crus pas, on ne pouvait pas discipliner cette voix, et je n'allais pas lui imposer des séances de travail, de diction, des partenaires. Comme à l'école.

L'idée fit tout de même son chemin. Je me mis à lire, à déclamer mes lectures. Et je devins studieuse. Je me pliais à tout pourvu qu'on me donnât du texte, que je puisse connaître le monde dans ses creusets et fréquenter les personnages. Ils m'apprirent à déserter, peu à peu, ma propre histoire et peut-être... pourquoi pas... à la connaître.

Clémence s'était tue quelques instants. Elle avait regardé ses mains, moi aussi. Elle avait surpris mes yeux, son ton se durcit :

— Tu vois, je cache ma peau, Mona, je l'ai cachée à ma mère. Petite enfant, je me tenais constamment droite et les mains derrière le dos. Je sais aujourd'hui qu'elle était provocante cette peau, emprisonnée des poignets au cou, même par les plus grandes chaleurs. Une fois, une seule fois, ma mère a fait une allusion brutale à l'accident :

« Clémence, m'a-t-elle dit, je t'ai laissé tomber toute entière dans l'eau bouillante, complètement. D'abord je t'ai cru morte. Je ne sais pas ce que j'ai fait. Et puis, quelques jours après ou quelques heures, tu as crié, crié, crié. C'était le diable qui prenait ta voix. »

Instinctivement Clémence s'était touché le cou, elle laissa sa main aller comme si elle cherchait encore quelque chose.

— Je crois bien que c'est vrai, que le diable a pris ta voix, avais-je osé.

Un sourire, de loin :

— Tu penses aussi, Mona ?

— Je ne sais pas, c'est une voix qui peut devenir... tellement...

— Alors c'est le diable. C'est le diable !

Après cette pirouette, Clémence avait souri tristement, puis elle était partie se changer. Elle était revenue, aussitôt, avec une robe fermée comme toutes les autres, et le feston d'épiderme violet au cou, aux poignets.

Soudain, elle avait ri trop fort.

— Et Jordan qui m'a forcée à me mettre à nu, il m'a forcée.

— Mais Clémence, jamais tu ne t'étais découverte... au théâtre, je veux dire ?

— Comme cela, au théâtre..., non pas vraiment. Si quand j'étais jeune. Quand j'étais jeune, il y en eut même qui aimaient me toucher. Tu comprends cela ? Cette peau ? Etrange, n'est-ce pas ! Enfin je me suis accommodée de ce physique. Je n'ai plus existé que par ma voix. J'ai enseigné aussi. Je ne travaille plus beaucoup. C'est rare que je décroche encore des rôles. Ce que je fais là avec Jordan, c'est beau, mais je mettrai longtemps à m'en remettre.

Elle se redressa avec toute l'énergie que je lui connaissais, déclama comme en scène, tel un défi :

— « Je m'offris dans mon fruit de velours qu'il dévore. »

Non, Clémence n'essayait pas d'apitoyer, ni moi, ni le public, ni Jordan. Lui avait su se servir de ses blessures et elle avait travaillé, docile.

Il fut beau son personnage. Elle fut belle, mais c'est peu dire. Sous le scalpel des lumières, elle devint superbement monstrueuse !

Qu'elle est loin « La Jeune Parque » ! Ce fut mon dernier exploit de comédienne.

Aujourd'hui, seule avec toutes ces heures devant moi, je m'applique à retrouver mes lieux.

Fut-elle si longue mon absence de la maison ? L'hôpital avait changé la mesure du temps.

Cependant je n'ai pas à convoquer mes souvenirs. Ils arrivent en bouffées, Clémence et sa voix, Henriette et ses fleurs, Valéry, Jordan et aussi Jean-Marc et ses résédas.

Jean-Marc était venu me voir jouer à Sète.

Justement, ce jour-là, épuisée, je m'étais réfugiée dans ma loge après le spectacle. Clémence m'y avait rejointe, elle tenait un pot de résédas, petit, presque ridicule, étrange, si insolite qu'il en devenait émouvant. Il s'imposait, il sentait bon. Elle me le tendit :

— Il n'est pas de moi, Mona.

— Oh, je sais Clémence. Un pot de résédas, c'est signé. Il n'y a pas de carte ?

— Il n'y a rien mais j'ai vu ton admirateur. Il n'a pas voulu attendre, il voulait juste avoir de tes nouvelles. Tu es très fatiguée, tu sais.

— Alors ?

(Je me souviens de mon impatience.)

— Il n'a pas dit qu'il reviendrait.

J'avais repoussé les fleurs. J'avais affirmé trop haut :

— Il ne reviendra pas. C'est sa manière de faire. Il s'arrange toujours au mieux pour ne pas me rencontrer.

— Tu le connais ?

Je n'avais pas répondu tout de suite. Mais puisque c'était Clémence...

— C'est Jean-Marc, mon ex-mari, et je connais ses façons.

— Tu as été mariée ?

Enfin une vraie question de Clémence, la seule, je crois, au cours de « La Jeune Parque », car pour questionner, il n'y avait que Marie. Marie notre costumière, elle, savait tout. Clémence ne savait rien. Clémence comprenait tout.

— Eh oui, j'ai été mariée avec Jean-Marc, il m'offrait des fleurs autrefois, il n'a jamais cessé de m'en offrir. Maintenant ce sont les résédas. Les fleurs, les femmes... un peintre, sculpteur. Jean-Marc est peintre et je fus son modèle.

Clémence avait souri. Elle m'avait pris doucement la main.

— Mona, j'ai senti chez cet homme un souci, une peine.

J'avais eu un geste vague.

— Il ne s'est pas toujours soucié de moi.

Je m'étais arrêtée là. Clémence allait sortir. Je me redressai :

— Attends ! Emporte les résédas.

Ils laissèrent leur parfum traîner dans la loge, et l'image de Jean-Marc. Qui venait-elle hanter ? Je n'étais plus celle qu'il avait quittée, je n'étais plus cette épave. Oui, quand il était parti, le vide m'avait affolée. Je suis de celles-là. J'avais alors cherché, appelé d'autres hommes. J'avais essayé, en vain, de les aimer. Je tombais des bras de l'un pour me consoler dans les bras de l'autre. Je dévorais l'existence avec la crainte d'en perdre une miette. Dérision ! Je m'éparpillais. Je me voyais m'engloutir.

Tout changea encore quand je rencontrai Didier. Je vécus, grâce à sa jeunesse, mes illusions et puis ses trahisons. Je me défendis, luttai de nombreuses années, une vie. Au moment où je décidai de jouer dans « La Jeune Parque », j'étais au cœur d'un de ces combats. Je voulais arracher Didier à une Lise, rivale trop jeune pour que je puisse gagner.

Pourtant, cette ombre de mon âge, j'en faisais quelque chose au théâtre. Le théâtre avait toujours été dans ma vie. Ce n'était pas mon métier, j'étais décoratrice. Mais quand je jouais, j'étais juste, je n'étais plus affligée par la fuite du temps. Je refermais même les entailles qu'il m'avait faites.

Mais… il y avait Didier. Je m'accrochais à lui. J'étais vieille, il me trompait. Je pensais : c'est le dernier. J'avais cinquante ans, plus de mari, pas d'enfant, presque plus de mère. Il me restait le théâtre ? Oh, de moins en moins.

Quand on m'avait sollicitée, presque par hasard, pour « La Jeune Parque » — c'était inattendu — j'avais hésité. Il y avait quelque temps que je n'avais pas joué. J'avais recommencé à trop craindre ma sensibilité, mon corps aussi. Il s'était paralysé dans un amour clos.

Didier m'avait regardée en coin et m'avait lancé :

— Puisqu'on te propose encore un rôle, n'hésite pas. Va donc ! Montre ta supériorité de femme. Va faire palpiter le cœur d'un public. Tu mâcheras de belles phrases au lieu de ruminer des reproches. Allez ma belle, va pleurer les larmes d'une autre.

Moi je ne voyais pas comment je réussirais à me quitter, et le quitter, lui, même pour une saison. Je tenais à mes rations de poison, à mes guets, à mes filatures. Il venait encore dans notre appartement, pour des habitudes. Nous habitions un adorable nid aux environs de Paris. Notre appartement ! Nous l'avions acheté à deux, une idée à moi, une façon de renforcer notre contrat. Leurre.

J'étais ainsi, lamentable, douloureuse. J'avais quinze ans de plus que cette Lise. Je longeais les murs pour ne pas voir mon ombre, je me détournais des miroirs.

Je partis.

J'allai dire sur une scène l'automne de la femme.

*D*idier, *image qui persiste.*
Que la lettre de Clémence brouille un peu ce vieux spectre !

Qu'elle m'aide Clémence ! Que revienne sa voix !

Alors remontent à la surface les vers qu'un jour elle a dits pour moi :

« Dieux ! Dans ma lourde plaie une secrète sœur ».

C'est « La Jeune Parque » encore.

Je la sollicite sans fin.

Nous l'avions d'abord travaillée un mois à Paris, Clémence, Henriette et moi. Puis nous avions continué à Sète avant le cycle des représentations. Nous n'avions pratiquement plus de temps à nous. Nous dormions peu. Mais Henriette réussissait encore à fouiner, à ramasser quelques pierres ou ferrailles... Elle nous laissait, nous, ses vieilles partenaires, à notre organisation.

Clémence aimait répéter dehors. Un jour, dolente, je l'avais accompagnée dans un parc. Elle s'était arrêtée contre une haie, sur un banc, à l'écart. Il était tard, mais elle avait sorti son texte pour travailler. Elle l'avait toujours sur elle. Je ne m'étais pas éloignée. Patiente, elle avait alors posé le livre, m'avait regardée longuement et dit :

— « J'y suivais un serpent qui venait de me mordre. »

Elle m'avait offert ce vers aussi beau qu'elle le donnait au public, avec la morsure, comme elle seule savait le faire.

Elle avait continué. Jaillissaient des mots, des milliers de traits, plus acérés, plus fins à mesure que j'écoutais.

Elle avait poursuivi, avait ciselé ses rimes. Sa vigueur réussit à creuser en moi, à percer mon brouillard. J'avais, depuis que nous étions à Sète, des coups de fatigue, d'inquiétude. Je perdais confiance, mon mouvement n'épousait pas la vague du poème... J'avais la sensation de rouler, lourde, entre les rimes. Je trébuchais, c'était mon âge encore. Et pourtant Clémence, elle...

Une autre fois, dans ce même parc, dans ses recoins secrets, nous avions marché longtemps en silence. Nous nous étions arrêtées au pied d'un arbre sans fin. Elle avait encore sorti son livre. Elle avait fait comme si elle avait été seule. Je ne l'avais pas quittée des yeux.

— « Dieux ! Dans ma lourde plaie une secrète sœur
    Brûle, qui se préfère à l'extrême attentive... »

Ces mots, dans le crépuscule, firent vaciller ma rage d'incompréhension. La nuit qui suivit je pleurai d'émotion sur ce vers qu'à la fin j'aurais su dire.

J'eus encore besoin de l'attention de Clémence. Un jour de découragement je l'avais rejointe sous son arbre. Elle m'avait d'abord ignorée. J'avais honte de ma lourdeur, de mon audace mais j'insistais. Je m'étais mise à tourner en rond, parcourant un cercle de plus en plus large autour d'elle. J'avais ce corps impératif. Elle n'avait pas interrompu son travail. Je lui avais jeté des regards furtifs. Je connaissais ses mouvements d'épaules, de dos, de gorge, son jeu de scène. Je savais à quels mots ils correspondaient.

Soudain elle avait traversé ce cercle sournois que j'entretenais, avait brisé la distance et était venue jusqu'à moi sur toute une tirade cette fois :

— « Harmonieuse Moi, différente d'un songe,
   Femme flexible et ferme aux silences suivis
   D'actes purs... »

Clémence avait couvert mon cercle de toute la strophe. Elle avait fait éclater son espace et son texte comme elle ne l'aurait jamais fait ailleurs. Ces éclats eurent leur poids. Je vis mille « moi » à rassembler en une gerbe. Je travaillai seule, jusqu'au bout.

Clémence m'avait donné sa meilleure leçon. Sa voix avait ridiculisé mes peurs, mes soucis complaisants. Elle avait brisé ma mollesse.

Le décor du théâtre était à notre disposition, j'y allai. J'avais en moi, à cet instant, la vigueur de Clémence, je voulais l'éprouver dans les tumulus de Jordan.

Jordan avait édifié une planète avec de gros blocs aux couleurs ocres, irisées, blafardes, des monticules, des dolmens, des vases épars de pierre, de bois, des galets roulés aux formes de crânes.

Dès notre arrivée à Paris, il avait attaqué sur un ton professoral :

— Ces vers que nous placerons dans l'espace seront un oratorio, un chant. Pas d'action. Et là où la jeune femme de Valéry monologue ou converse avec l'éternité, à sa place je veux trois voix, trois âges de la femme, vos voix. Je veux vos voix pour la seule parole de « La Jeune Parque », pour soutenir en filigrane le mythe des Parques antiques et le fil de la vie. Le mythe de la vie côtoie celui de la mort. J'ai fait du poème trois partitions et je le réunifie dans un chœur qui mêle le désir du corps et sa déchéance...

L'exposé m'avait paru obscur et Jordan abrupt, distant. Plus je l'avais observé, plus il m'avait rappelé quelqu'un. J'avais cherché dans ses traits, les avais séparés, les avais recomposés. Je m'étais souvenu. Jordan ressemblait à un portrait qu'un jour Jean-Marc avait dessiné, un visage marqué et austère mais jeune aussi avec des angles et des plis soucieux. C'était une craie noire avec un œil bleu au pastel, énigmatique.

Ce ne fut qu'après la première représentation que Jordan se dérida. Les critiques, dans l'ensemble, avaient été bonnes. Je me souviens qu'il nous avait baptisées les « Fleurs de Plomb », nous les trois comédiennes. Il nous avait gratifiées d'un maigre compliment, je revois son sourire quand il avait soulevé la plante que baladait Henriette.

— Les « Fleurs de Plomb », Mesdames. Vous avez chacune un exemplaire de cette plante ? Ne dites pas non, je le sais. Je sais qu'Henriette vous a offert cette chose bizarre.

Il avait dit de la même façon au moment de nous séparer :

— Au revoir les « Fleurs de Plomb ».

Il ne nous avait jamais appelées « Les Parques », heureusement. Je comprends mieux cet homme aujourd'hui. J'ai appris à le connaître.

Avec ses croquis, ses plans, ses chiffres, il avait apporté une rigueur qui servait la mise en scène. Dans les grands axes de son décor, les ombres se multipliaient, les formes se fondaient, la lumière se remaniait dans un perpétuel mouvement du noir au blanc et feu.

J'aimais me retrouver sur cette scène, j'aimais y aller quand il n'y avait personne, aux heures creuses. Je touchais les grandes pierres, les troncs équarris. Ils traçaient, dans leur alignement, des couloirs où progressait le texte. Sous les effets de lumière ce décor s'étendait, désert renflé par quelques falaises, désert qui aurait toujours été là dans cette apparence inaltérable, isolé comme une île. Le personnage marchait sur un sol qui se dérobait. Il marchait sur place, ombre immense. Celle de Clémence absorbait la géométrie colorée. La faucheuse cachée, sans visage, c'était Clémence. Il y avait eu ainsi des scènes où elle couvrait son crâne lisse d'un capuchon qui la décapitait. Ces passages étaient aussi beaux que ceux où sa tête rasée brillait sur les galets des sépultures.

J'avais un beau rôle, si l'on peut parler de rôle dans « La Jeune Parque », plutôt une voix, une voix entre les deux autres âges de la femme. Une voix d'automne. Je devais adhérer à ce sol ocre, de miel, de sable.

Henriette, la jeune fille, avait son pas de danse entre les tumulus et les antres. Je le lui avais dit. Elle en avait ri.

— Mais si, tu es un nuage Henriette ! Et puis tu plonges, tu escalades... les pierres sont si...

— Attention Mona, ne va pas encore dire que tout est plus facile avec les pierres qu'avec les hommes.

— Je n'ai jamais rien dit de tel. Je n'ai pas parlé d'hommes depuis si longtemps !

Pourtant c'était vrai, je l'avais fait. J'avais eu l'imprudence d'en parler à Marie, de ce besoin, toujours, d'un homme à aimer, d'un homme à vivre. Nous nous étions rarement épanchées, au cours de notre saison. On ne se confie pas quand on joue. Mais les déplacements, les essayages... et tous ces jours.

— Ah, Mona et les hommes ! avait-elle dit devant les autres

Je rageai. Pourquoi Henriette insistait-elle comme cela ? Et pourquoi « les », « les hommes », alors que je souffrais en ce moment d'un amour unique. Voilà, j'y repensais ! Ah ! Attention, il ne fallait plus du tout d'attendrissement. Je savais que plus je travaillerais, moins j'aurais besoin de mes brumes.

Il m'avait fallu beaucoup de vigilance pour entrer dans mon rôle de Parque, la Parque dans la maturité de sa vie. C'était juste que je fusse celle-là, comme c'était juste qu'Henriette fût la plus jeune des Parques et que Clémence fut celle de la mort.

J'avais réussi, mieux que les autres fois, à en éloigner ma vie.

Je m'isolais de plus en plus dans notre décor. Tout m'aidait à me concentrer, son sable, sa terre et de l'autre côté les stèles et les voiles, voiles miroirs pour des ombres d'un autre monde.

Il m'arrivait de m'imaginer à la place de Clémence et je me frottais à ses suaires. Je devenais une géante au-dessus des mortels. Cette supériorité m'était de courte durée, moi je tenais à tout le monde. J'étais en quête d'exemples. Clémence m'impressionnait. D'une autre façon, j'admirais Henriette. J'aurais volontiers adopté son rythme de croisière, ses idées sur la vie, son action. J'avais le sentiment qu'elle ne s'accrochait à personne, qu'elle était libre.

Combien de temps restai-je entre les voiles, à me chercher ?

Clémence, elle, trouvait une force en tout. Et dans l'immobilité elle avait la beauté sévère du « Nô », la pureté, la retenue. Elle dilatait le temps. Je la revois, devant les parois de plexiglas noires, jouer sa partition de mort. Elle travaillait jusqu'à l'absence de sensation. Je me servis moi aussi du noir lisse et réfléchissant de la paroi, j'utilisai les reliefs que Jordan avait creusés par endroits, des reliefs multipliés comme sur la peau ravinée de Clémence.

« Se nourrir de tout. Comme les fleurs de plomb. »

Henriette avait réussi à m'en parler rapidement, avant que nous commencions à travailler : « La Fleur de Plomb se nourrit de n'importe quelle terre, elle en tire substance et la purifie de ses toxines, plutôt elle en extrait essentiellement le plomb ». Et puis elle n'avait plus rien dit jusqu'à notre voyage de retour. Elle trouva, cependant, le moyen de nous confier un pot de ses fleurs, à chacune.

J'étais la seule de nous trois à quêter quelque attention. Henriette et Clémence ne cherchaient personne et travaillaient mieux que moi.

Pourtant, je m'appliquais à contrôler le moindre de mes émois. J'y parvins. Je sus dire le mot « amour » avec une vibration au-delà de moi. C'était le texte. Je le travaillai comme jamais. Je m'étais battue encore une fois, comme un diable, contre ma vieille sensibilité. J'avais tant lutté, déjà, contre elle dans tous les rôles où je m'étais vue. J'avais toujours eu tendance à me réfléchir partout et je tirais, de situations diverses, autant de justifications que possible pour geindre sur moi. Mais quand j'avais dépassé ce que le personnage me disait de moi, rien ne pouvait plus faillir tant que durait mon rôle.

Je n'avais pas payé à la vie, à l'enfance comme Clémence, mais toute petite j'avais appris à faire peur et à faire rire de mes effets. Puis j'avais perdu cette habileté au commencement de mes amours, ce fut très tôt pour moi avec ce corps-sexe que je développais. Pourtant ce corps, sujet de mes heurts et malheurs, en ce jour m'avait portée sur scène. Son endurance, sa constitution étaient venus, enfin, à bout de mes faiblesses. Mais quand le spectacle cessait il ne se suffisait plus. Il lui fallait confort et caresses. Contre les agressions il pouvait enfler. J'avais été deux fois très grosse. La première fois, lors de mon divorce, comme j'avais épaissi, molli, débordé ! Pendant tout le temps qu'avait duré la procédure j'absorbai tout sur mon passage. Je pris vingt-cinq kilos.

Le théâtre me sauva. Je vécus la passion, la conscience d'un personnage. Il prit toute la place et relégua la mienne. Il tua mon empâtement. Cette fois-là, je jouai la pièce d'un jeune dramaturge. Le sujet me demanda, au préalable, de bonnes heures d'étude et de lecture. Je ne savais plus me concentrer. Cette période qui précéda le travail sur scène fut la plus pénible. J'eus à combattre ma boulimie. Pour vaincre, je me fatiguais : me lever très tôt, courir les bibliothèques, les librairies, lire très tard jusqu'à me brûler les yeux. Je me tendis toute vers le rôle. Pour un temps, je n'eus plus besoin de sucre, de graisse, d'homme.

Et puis il y eut Didier, son premier abandon, sa première trahison, la graisse qui m'envahit encore. Par miracle, dans une sorte d'ascèse, ces kilos me quittèrent.

Il y eut d'autres abandons, jamais plus d'obésité, mais des avalanches de rides. Tout compte fait je préfère les rides. J'avais été trop dépendante, trop poisseuse et pataude. Grosse, je ne trouvais plus ma place, mes bords se cognaient à tout. Et en plus je plaisais à des pervers. Je me souviens bien de celui de la forêt de Saint-Germain. Et l'autre de la gare de Saint-Sauveur ! Ah celui-là ! Avec sa face de rat, il me menace encore dans mes cauchemars.

Le tohu-bohu de l'hôpital m'avait, un temps, coupée de tout, plus de Parque, plus d'amies, plus d'amant. Mais ici, de retour chez moi, le passé se fait de plus en plus dense, quoique je ne le choisisse pas. Certains souvenirs restent flous en dépit de mes efforts. D'autres percent l'écran. Pourquoi ?

La magie de la mémoire ?

Pourquoi le pervers de Saint-Sauveur justement ? Malgré moi, il me conduit à ma mère. Je n'aurais pas voulu pourtant, pas encore, penser à elle, à son corps trop léger, à sa vieillesse trop proche de la mienne.

Un jour de triste été, le plus froid que j'aie jamais connu, j'allai chez mes tantes à Saint-Sauveur, rendre visite à ma mère. Elle était en pension, là, depuis un mois. On l'avait séparée de mon père, d'autorité. C'était encore une des idées de tante Simone, une de ses actions qui se voulaient tellement altruistes.

Tante Simone, la sœur aînée de maman, commandait tout le monde, son mari, sa fille Colette et surtout sa sœur Léone, célibataire. Mais Simone n'avait jamais eu aucune influence sur ma mère, « notre Louise », comme elle l'appelait, la plus jeune des trois filles. Cela la désolait, « la grande Simone ». Cette fois elle s'était rattrapée en hébergeant maman, « la pauvre petite Louise qui n'a plus sa tête ». Quel air conquérant elle avait pris pour dire à mon père :

— Prends du repos, soigne-toi, je m'occuperai de Louise le temps qu'il faudra..., elle a toujours aimé Saint Sauveur. Si, si, tu n'en peux plus.

Mon père s'était trouvé désemparé, culpabilisé. On l'accusait, hypocritement, de ne plus assumer son rôle de garde-malade. Il avait cédé.

— Pour une toute petite période, avait-il dit. Je reviendrai chercher Louise, dès que je me serai organisé.

Oui, ma mère pouvait bien aller chez tante Simone pour une fois. Elle ne risquait d'ailleurs plus rien avec ce gendarme, elle était totalement à l'abri de toute influence. Elle n'avait presque plus conscience de ce qui l'environnait.

Les tantes habitaient en pleine campagne. De la gare de Saint-Sauveur, il fallait encore prendre un autobus pour se rendre chez elles. Je l'avais attendu sous la pluie. Il faisait froid, j'avais faim comme toujours. Je n'avais pas osé bouger, je ne savais plus bien le faire. J'étais glacée dans ma robe légère.

Je m'habillais de robes à fleurs que je réchauffais de grandes vestes en polaire. Tout cela tombait raide comme une armure et ne collait pas à mes formes. Ces robes que je portais longues dansaient assez bien sur mes bourrelets, légers mouvements, vagues fleuries, envolées à la sortie. C'était étudié. « Ces choses vont bien aux grosses, ça passe mieux », disent les bons commerçants spécialisés dans les tailles pour femmes fortes.

Ce jour là, la robe était en viscose et polyester. Elle était trempée. Je décollais sans cesse le tissu de mes mollets et je serrais ma carapace polaire. Puis, quand je compris que j'aurais une longue attente dans les courants d'air, les bus étant plus rares en été, je me résolus à entrer dans le café d'en face. Il faisait bon, ça sentait la bière, le café, les frites, dans un monde hétéroclite d'habitués, de voyageurs en attente, de vieux, de jeunes.

J'avais choisi, d'instinct, une table encore encombrée dans un coin. Des fonds de verres, des restes gras m'avaient attirée. J'avais tourné autour de ces aliments abandonnés, mes yeux s'étaient amusés des frites figées au milieu de peaux dorées de poulet. J'avais ravalé ma salive et m'étais juré de ne rien commander. Juste un café.

L'homme ne s'était pas fait attendre, il devait me guetter, moi la grosse de son choix. Je connaissais ce type d'amateur, plutôt freluquet, épaules carrées quand il portait le veston rembourré. J'avais plusieurs fois eu affaire à ce genre-là.

J'étais tout à la fois honteuse et flattée, rassurée aussi. Je n'étais plus seule. Comme la drague avait été amorcée, je n'avais plus eu envie de manger. Je savais que le gringalet ne me toucherait pas devant tout le monde, il ne franchirait pas la barrière de mes sacs. Je l'avais laissé discourir. Je m'étais malgré tout abandonnée à une tarte aux pommes. Sereine et rassasiée si l'on veut, j'étais sortie plus fière du café. Ma robe avait séché, elle jouait dans ses plis. Un homme et une tarte aux pommes avaient tout arrangé ...

Lui ne paraissait pas vouloir en rester là. J'avais eu l'imprudence de le laisser divaguer, tout à ma dégustation. Alors il s'était accroché à ma valise et, passé la porte, il s'en était fait le galant porteur. Je l'avais laissé monter devant moi dans l'autobus et me tendre une main inutile. Je m'étais gardée de toute rebuffade. L'homme avait pris ce comportement pour un accord. Pendant le voyage je cherchais comment le décoller de ma valise tandis que lui m'adressait des lieux communs :

— « Depuis que je m'assume, mademoiselle, je vais de l'avant. Je prends mon désir en considération... J'affirme ma personne... »

Je ne trouvais rien à lui répondre, rien à faire. Je n'avais qu'un seul souci : les tantes. Je ne me voyais pas arriver chez elles flanquée de cet individu. Tante Simone ne m'aurait pas épargnée. La grimace de sourire, que j'avais adoptée dans ce bus, m'avait crispé la mâchoire et j'avais senti que mes dents se découvraient méchamment. Je n'avais pas pu vraiment repousser l'homme mais je m'étais élargie sur la banquette. Cela m'avait été facile malgré l'écœurement de sa moiteur. Son espace avait rétréci, j'avais espéré qu'il n'y aurait plus de place pour ses fesses étroites, qu'il allait tomber. Il avait tenu jusqu'à l'arrivée.

J'avais pu, soudain, jouer plus fort que lui, j'avais arraché ma valise avec une violence que j'avais faite rieuse. Je lui avais écrasé la main. J'avais serré, serré et j'avais remercié. Il était devenu blême. J'avais continué. Ses doigts avaient plié et craqué sous mes bagues. J'avais tout lâché d'un coup. J'avais mimé un adieu prolongé en gestes reconnaissants jusqu'à ce qu'il ait disparu. Il ne s'était pas retourné. Je m'étais rétablie. Contente de moi, je m'étais repoudrée. J'avais vaincu le pervers. Gare aux tantes !

— Comme tu es fraîche Mona, m'avait dit d'emblée tante Simone, à mon arrivée, sans me jeter un regard. Quelques kilos de plus n'ont jamais fait de mal, ça te va, tu en avais besoin. Viens à table. Non, passe d'abord dans la chambre de Colette, elle est en train d'essayer un petit tailleur Thierry Mugler, c'est moulant à rêver, une occasion au « Troc chic ». On ira ensemble Mona, il y a d'amples robes à fleurs pour toi. Colette en a pris une pour Grand-mère. Elle a si chaud l'été dans sa chaise roulante, tout lui colle. Ah ! Mona, jamais tu n'auras besoin d'un lifting.

J'avais tout supporté, j'avais suivi ma tante pour la visite. On avait d'abord fait un petit signe à la chère grand-mère pour qui on achetait les robes à fleurs. Elle n'était la grand-mère de personne, c'était une vieille voisine en chaise roulante qui avait atterri là par fatalité, selon Simone. Je soupçonnais ma tante de l'avoir gardée à demeure pour se cacher sa propre vieillesse. Ma mère faisait symétrie dans une autre chaise roulante. Les deux femmes siégeaient dans un petit salon avec télévision. Ma mère n'était pas encore ce bloc sans vie, ce robot alimenté qu'elle allait devenir, mais elle ne me reconnaissait plus. J'avais fait comme les autres, je m'étais contentée de passer près d'elle, mais moi je l'avais touchée. J'aurais voulu lui tenir la main, m'asseoir à ses pieds, attendre quelque chose, nous donner du temps. Il n'y avait pas eu d'intimité possible. La tante était présente partout. Elle m'avait préparé un délicieux goûter et s'était cruellement régalée à me voir manger.

— Ah ! Si ma Colette avait ton appétit, j'aurais du plaisir à cuisiner.

Je voyais Colette manger autant que moi. Elle me narguait. Elle avait englouti brioches, tartes, et confitures... afin que je comprenne bien qu'elle, elle pouvait avaler sans risque de se déformer, qu'elle garderait la ligne envers et contre tout. Sa mère l'avait observée tout le temps du goûter avec une admiration qu'elle n'avait pas essayé de dissimuler. Elle était venue s'asseoir près d'elle, lui avait caressé le bras. Elle était mignonne, ma cousine, et beaucoup plus jeune que moi. Je ne savais pas ce qu'elle faisait de sa vie. Elle n'habitait plus Saint-Sauveur.

— Va donc faire une promenade avec Mona, lui avait glissé sa mère, vous reverrez nos vignes.

Colette avait fait la moue et m'avait jeté un regard en dessous.

On ne m'avait pas demandé mon avis comme d'habitude. J'avais, jusqu'ici, réussi à éviter l'immersion dans le passé à Saint-Sauveur. J'y avais connu de bons moments, pourtant, dans mon enfance. Les souvenirs étaient agréables, ils avaient été construits ainsi, mais pour eux j'aurais préféré être seule.

Ma tante avait organisé la sortie en un tour de main, elle était de la partie. Elle nous offrait une reconstitution.

De vieilles recommandations de Jean-Marc, du temps où il était mon mari, m'étaient venues à l'esprit :

« Ne va jamais dans les vestiges de la jeunesse, garde seulement le souvenir sous les doigts, dans les couleurs... Puis sculpte en aveugle la matière, sers-toi de tout ce que tu as connu. Ne va jamais vérifier sur place... »

J'avais beaucoup appris avec lui. Il était bon peintre mon philosophe. J'étais parvenue même à travailler mieux que lui « la matière en aveugle ». J'avais plissé la terre et le papier, fermé les yeux pour creuser. Mais là, j'avais accepté d'aller voir, « revoir sur place ».

Ma tante avait marché, allègre et comblée dans son désir d'exposer la campagne, sa campagne. Moi j'avais la mienne et ne la partagerais pas.

— Tu te souviens du vieux château, avait dit tendrement la mère à la fille, tu y jouais quand tu étais petite ?

Colette avait fait non, pourtant je crois qu'elle se souvenait. Elle avait, trop vite, détourné les yeux. Elle avait, tout de même, du mal à supporter sa mère. Ces deux-là se jouaient une comédie d'affection, un vernis pour le monde.

Je m'étais engagée dans une petite ruelle en pente. J'avais entendu Colette, derrière moi, bougonner pour elle-même :

— C'est là que je cueillais les fleurs quand je remontais du château et maman les jetait tout de suite.

Pauvre Colette ! Moi aussi, je cueillais les fleurs de ces buissons mais ma mère en faisait des bouquets. J'ai refait, dans ma vie, mille bouquets d'aubépines afin d'entretenir le souvenir de Saint-Sauveur.

Plus je m'étais enfoncée dans la pente, plus c'était devenu feutré, irréel. J'aurais aimé que ce fût l'hiver, avec la neige, la vraie, celle qui tenait si longtemps quand j'étais gosse. On descendait en luge ici.

— Ce n'est plus comme je croyais, avait soupiré ma tante.

Il avait commencé à faire sombre. Elle s'était plainte de fatigue. Elle avait espéré autre chose de moi, une nostalgie sûrement, une vague de souvenir attendri, des épanchements. Elle se serait moquée de mes évocations, les siennes auraient prévalu. A ma lourdeur physique, elle aurait ajouté ma lourdeur d'esprit.

Nous nous étions arrêtées à un croisement de chemin.

— C'était moins triste avant, mes enfants. Mais qu'est-ce qui a tant changé ? Rien, finalement, rien...

— Tu n'étais plus revenue ici depuis combien de temps ? lui avais-je demandé.

— Oh ! Longtemps. On est si près et on n'y vient jamais...

J'avais senti qu'elle se préparait à m'interroger. J'avais esquivé toute question et montré le vieux clocher.

— Je monterais bien jusque là-haut.

— Tu es folle, avait-elle objecté, c'est la nuit, on rentre.

Un silence nous isola les unes des autres. Je pensais aussi que la terre n'était plus la même, oui... le vent n'était plus le même ni la pente. Ce qui m'entourait ce n'était plus les choses d'autrefois.

Jean-Marc avait raison : « ne jamais aller vérifier sur place ».

Colette et sa mère s'arrêtèrent, serrées l'une contre l'autre dans l'obscurité naissante. Je revins vers elles.

— Ah ! Si ta mère avait pu faire cette jolie promenade avec nous, Mona, fit ma tante...

Et elle ajouta, larmoyante :

— Elle n'en a plus pour longtemps.

(Ce en quoi ma tante se trompait. Elle est morte avant ma mère, ainsi que Léone.)

— Tu es très fatiguée, tante, nous allons rentrer par la route.

— Bah ! Je suis vieille moi aussi...

Et soudain ragaillardie, elle me fit face.

— Tu marches encore bien, grosse comme tu es.

Je me souviens m'être rebiffée.

— Je n'ai pas toujours été grosse.

— Ah oui ?

Colette avait eu cet étonnement perfide.

Je n'avais plus distingué leurs voix. Même ma voix venait d'ailleurs dans cette nuit qui nous avait rattrapées.

Oui, j'avais été mince, j'avais couru légère et rose dans les vignes de Saint-Sauveur. Plus personne pour le reconnaître.

La lune avait multiplié nos ombres.

— J'ai peur, avait dit ma cousine.

Il y avait eu une sorte de sentiment commun.

*L*a peur, elle revient, j'ai aujourd'hui l'impression que je ne peux plus m'en défaire.

Je regarde autour de moi, figée, pourtant je dois bouger. Je me lève au hasard, je me cogne à tout dans cet appartement désordonné, délaissé depuis mon hospitalisation. Personne n'est venu y faire le ménage. La concierge a quelquefois aéré, c'est tout.

Je parle dans le seul duo de ma voix. Je parle aux absents, je parle à mon père, à ma mère. Je les prie de se retirer de ce présent, pourtant je triture leurs souvenirs. Que ces autres gardent donc le fardeau de leur vie !

Ils ne savent rien de ma maladie ni de la torture du traitement ni de la guérison… Hé ! Mon absence, mon silence, ils les mettent sur le compte de mon travail, de mes déplacements.

Me croient-ils encore à « La Jeune Parque » ? Me croient-ils sur ces planches ? Me voient-ils autrement que comédienne ?

Pourquoi n'avaient-ils pas eu d'autres enfants, mes parents ?

Mon père me voudrait près d'eux maintenant. Rien que moi près d'eux ! Il ne confie plus ma mère à personne et veille seul ce corps rétréci. Leur vieil attelage ne tient plus que par lui. Je me dis, parfois, *qu'elle vivra plus longtemps que son mari. Elle paraît immuable, entretenue par les avancées du progrès.*

Mon père n'avait pas aimé quand je m'étais engagée pour « La Jeune Parque ». Il se sentait fatigué. Il n'avait rien dit mais j'avais senti son désarroi. Il n'avait pas téléphoné ensuite comme d'habitude, puis soudain il m'avait écrit à Paris, juste avant notre départ pour Sète. Il me demandait, déjà, la date de mon retour, mais rien sur le spectacle, les représentations. Je lisais mille interrogations entre ses lignes, sa lettre m'avait bouleversée. J'étais restée longtemps, seule, la serrant, immobile.

Puis Clémence m'avait rejointe, regardée.

— Viens Mona, on fait une lecture.

C'était bien Clémence. Elle m'avait tendu mon livre. On n'avait plus besoin de lecture.

— Oui, viens on fait une « italienne », avait renchéri Henriette, survenue subitement.

Elle n'avait pas posé de question, elle ne m'avait pas taquinée comme l'autre fois quand j'avais déchiré la lettre de Didier. Nous avions alors dit notre texte toutes les trois hors du décor. Mon cœur fut moins lourd ensuite. Puis elles étaient parties sans commentaire, chacune vers un ailleurs. C'était toujours ainsi après le travail.

Je ne savais pas où elles habitaient. Où donc allait Clémence ? J'avais une idée des activités d'Henriette.

Elle courait, de ses ateliers d'écriture à ses campagnes écologiques en passant par un travail avec des enfants. Un vertige ! Une allégresse ! Je l'enviais. Mais ici avec le théâtre, me l'avais-je assez redit, pas d'appesantissement. Le seul endroit où me plaisait mieux demain qu'hier. Je m'oubliais, moi et, de plus en plus facilement, les démons de mes méninges. Ces milliers d'affres dans ma tête à me saigner, des vampires ! Ces idées noires, plus tenaces que de simples règlements de compte ! Si elles ne m'ont pas toujours aidée à mieux me connaître, elles m'ont souvent rassurée sur la vie. Etonnant ! Dans leur démesure, dans leur débauche de mise en scène, elles me portaient ailleurs que mes peurs. Démons sans frein, si effroyables qu'elles me détournaient de l'idée de mort. Conjuration, exorcisme ? Gargouilles, pustules, masques... vous étiez dans mes rêves comme dans mes insomnies, jeux de mes nuits, partenaires.

Mais Louise, elle... savait-elle encore dormir ?

Mon père la veillait sans fin.

Louise, petite maman, sans rêves, sans veille non plus, sans plus de lumière, sans plus de temps. Il n'y avait peut-être même plus de pensée dans cette minuscule tête.

J'avais scruté son visage durant de longues heures. Pas d'expression, pas de frémissement de peau, pas de changement dans la respiration, aucun tremblement des lèvres. On ne pouvait imaginer l'univers de Louise.

C'était tout cela les questions de la lettre de mon père. Cette nuit-là elles avaient alimenté mon insomnie. J'avais eu devant moi un écran douloureux où s'étaient inscrites toutes les pensées à la fois. Je n'avais pu trier. C'était pareil quand je restais près de ma mère, quand j'allais écouter sa plainte muette.

C'est vrai ma mère, au fond de moi, ne s'est jamais tue, je n'avais pas de paupières pour éteindre sa voix. Qu'y avait-il dans cette tête momifiée, ces yeux fixes où avaient germé tant d'idées ? Louise avait su tout faire autrefois. Je voulais que s'ouvre sa tête réduite. Mais il n'y avait plus de dedans, plus d'endroit, plus d'envers, plus d'ombre puisque plus de lumière. Je parvenais parfois à rejoindre son existence, à condition d'inertie complète. Elle restait devant moi, toujours pareille, sans relief, puis doucement pénétrait mon vide.

Pourquoi n'avait-elle eu que moi ? Je leur en voulais à tous les deux. Louise mince et éternellement jeune. Son mari avait-il eu peur de la déformer par les enfantements ? Il l'admirait. Eh bien qu'il la regarde donc encore, je pouvais lui laisser toute la place, avant qu'elle ne fonde sous terre. Je voulais, aussitôt, lui demander pardon et pardon aussi à Louise. J'avais grandi si différente d'elle à côté d'eux. J'avais poussé trop vite, puis forci, épaissi.

« Mona a un corps sculptural, des hanches fertiles... » leur disait-on. « Oui, belle fille. »

*A*ujourd'hui, je suis seule, vieille, amputée et j'attends encore l'amour.

J'avais tant cherché à être aimée, je m'étais lancée dans de mémorables stratégies et j'avais demandé qu'on me prouve l'amour comme j'en décidais. Ainsi j'avais obligé ma mère à m'appeler Mona, mon a... Elle qui n'aimait que les prénoms « corrects ». Elle m'en avait donné des leçons de prénoms, de noms, de noms propres, elle n'aimait que le propre. C'était Louise Mangin, épouse de Damien Callais, point. Maintenant elle était sortie du monde et j'étais désemparée. Tantôt je l'accusais de tous mes maux, tantôt je la remerciais de vivre encore. Elle me protégeait de ma mort. Elle resterait combien de temps pliée sur ses derniers centimètres avec des yeux fixés sur un ailleurs ?

J'avais dû m'endormir peu après le départ de Clémence et d'Henriette. Ma petite chambre sous les toits de Paris avait repris les formes du jour. Un oiseau noir avait rayé le carré bleu de la fenêtre. Des hirondelles, moins noires, avaient strié l'azur. Je m'étais levée fatiguée.

J'avais loué cette chambre sous les toits, à la hâte, une chambre minuscule. C'était Jordan qui me l'avait trouvée. Tout s'était passé si vite. Jordan m'avait engagée au dernier moment pour remplacer une comédienne prévue au départ et qui avait eu un accident. J'avais commencé à travailler seule, d'arrache-pied. Jordan ne m'avait donné que peu d'indication.

Le livret de « La Jeune Parque » avait été mon talisman. Il m'avait accompagnée dans toutes mes heures. Il s'était usé, la patine avait pris de l'odeur. Partout il avait pointé ses cornes cassées, à Paris, à Sète.

*C*omme tout cela est loin. Dans l'étroitesse, ma solitude bavarde. Elle brasse des détails, limons intimes. Je laisse aller son tourbillon. Alors je peux me saisir d'images de notre saison dans « La Jeune Parque » et jouir encore de moments précieux.

Clémence et Henriette me dirent, un jour, que j'étais belle. Belle ? J'avais trouvé une autre féminité. J'avais pris mes distances, je quittais ma blessure.

Juste avant le départ de notre équipe pour Sète, Didier vint à Paris. Un Didier inattendu, attentionné. Je ne l'avais plus revu, plus entendu depuis ma décision précipitée de revenir au théâtre. Je ne me sentis pas en danger, j'étais armée, protégée par la « Jeune Parque ». Je peux même prétendre, qu'un moment, sa compagnie me reposa. Je laissai mon ancien amant s'occuper de moi. Je ne l'avais pas questionné sur Lise. Il crut bon de me rappeler nos complicités. Je ne répondis rien. Il voulut m'offrir une sortie, un présent. Je n'acceptai qu'un déjeuner.

J'avais cédé à l'invitation mais j'étais loin de lui. Je voyais le monde derrière un filtre. Dans ce restaurant tous paraissaient se ressembler. Hommes, femmes, jeunes, vieux... tous masqués d'un voile d'absence. Sans plaisir visible, les têtes inclinées pesaient sur les menus, sur des revues, s'enfouissaient dans la vapeur des assiettes. Face à moi, Didier se dressait. Je n'aurais pu démêler ce qu'il pensait, ce qu'il prévoyait. Il ne me quittait pas des yeux :

— Tu es belle Mona, tu as maigri, tu es telle que lorsque je t'ai connue. Une liane !

Il aimait les lianes... Oui, j'étais mince quand il m'avait connue. Je venais de combattre l'obésité affligeante de mon divorce et Didier avait fermé les yeux sur la teinture de mes premiers cheveux blancs. Plus tard il avait été séduit par une autre liane, plus lisse, plus droite, sans teinture. C'était... Betty, je crois. Oui, c'était Betty. J'avais alors regrossi.

Il avait continué à me rendre visite, soucieux de me remettre sur le bon chemin. On mangeait à la cuisine sans le moindre apparat, lui, pommes de terre rôties et escalope à la crème, moi, épinards à l'eau, carottes crues. Je grimpais sur la balance à la moindre de ses injonctions. En plus de ma famine je voyais s'ajouter mes grammes de carottes à mon effroyable poids.

— Continue le régime ma pauvre fille.

Il ne venait qu'à l'heure des repas. Je l'attendais. De quel lit sortait-il ?

— Quel désastre ! Quand je t'ai connue tu étais...

— Un top modèle mon cher Didier, un top modèle !

— Oui. Essaie les massages. C'est navrant, tu ne fais pas assez d'efforts.

Peut-être n'était-il pas aussi tyrannique que dans mon souvenir. J'avais moissonné seule plus d'idées de régime qu'il ne m'en avait apportées. J'allai jusqu'à la liposuccion. Dégoûtée je chassai Didier :

— Va-t-en, lui dis-je, nous revivrons ensemble quand j'aurai retrouvé...

— Quoi ?

Il n'avait rien souhaité. Il ne parla pas de revenir. Je l'avais accusé de me torturer, mais je lui avais facilité le rôle de bourreau. J'avais voulu un maître. Il n'avait pas l'âge du rôle. Il n'avait pas trente ans. Et il avait une revanche à prendre sur la vie.

J'avais trouvé la force de l'éloigner et j'avais pris seule mes épinards, mes bouillons de légumes... mes carottes. J'avais maigri, tranquille, et j'avais retrouvé Didier. Je restai, alors, sa compagne plus longtemps que je ne l'avais jamais été pour aucun autre.

Je cherche dans ma chambre de convalescente des places plus claires pour noircir mes ombres.

Le visage de Didier, sa voix surgissent des angles. S'il en est un que je voudrais noyer, enlever de ma surface..., c'est bien lui ! Spectre qui revient, qui me suit. Il y a ce parfum. Un parfum qu'il m'avait offert. Le flacon est encore là, tout près sur ma table de chevet. Imprudence.

Allez debout ! Je vide tout dans la baignoire. A l'égout !

J'ai besoin de penser à des moments plus gais, à ceux mémorables passés avec Henriette, par exemple.

Quel agréable voyage avec elle quand nous étions parties pour Sète.

En arrivant chez elle, très tôt, le matin de notre départ, je l'avais vu prendre, en plus de ses bagages, un énorme pot de fleurs. C'était un vieux seau à conserves ou à peinture avec une espèce d'arbuste planté dans de la grenaille. C'est là que je vis, pour la première fois, ces fleurs dont elle ne se séparait jamais, au grand dam de Jordan

— Fleurs de plomb, avait-elle annoncé.

— Tu vas transporter ça dans ma voiture ?

On aurait cru un tout jeune platane avec des feuilles lisses et larges, d'un gris vert, métallique, rien qu'une tige et des feuilles. Henriette m'avait parlé une ou deux fois de ces plantes qui poussaient dans du plomb. Moi j'avais d'abord cru qu'il s'agissait d'une fiction ou... d'une métaphore, un prétexte à divagation. Elle était souvent par les chemins. Il semblait qu'elle n'eut jamais besoin de repos. Elle revenait avec des collections de pierres, de coquillages insolites, et même des bestioles.

— Ces fleurs de plomb sont pour toi Mona.

— Quoi ? C'est ridicule. Tu ne vas pas…

— C'est pour toi, Mona. J'ai le même chez moi. Celui-là, c'est pour toi.

Ce cadeau encombrant qu'elle avait déposé ce jour là sur la banquette arrière ne me quitta plus. Je l'ai toujours, je le taille régulièrement.

Henriette m'avait alors expliqué comment se déroulait leur étude. Ils étaient plusieurs, toute une équipe à travailler sur des terrains industriels. Ils s'occupaient de la nuisance de ces terrains, de leur décomposition et de leur avenir. Dans leurs prospections sur de vieux sols d'usine, ils avaient été attirés par des fûts avec des résidus de plomb, une grenaille, des plantes avaient réussi à y pousser à l'aise. Elles pompaient le plomb de la terre d'où leur aspect métallique.

— Tu t'occupes d'écologie, Henriette ?

Elle avait ri :

— J'ai de ces drôles de passions.

— Tu vas faire quoi de cette trouvaille ?

J'avais jeté en même temps un coup d'œil mi méfiant, mi dégoûté sur le seau.

— Une étude, te dis-je.

Je n'avais pas tenu à en savoir plus, sûre de n'y rien comprendre. J'avais tout de même été touchée par le cadeau, je savais l'importance qu'elle y attachait. Le seau bien calé, elle l'avait entouré de papier. Elle prenait soin de tout dans sa désinvolture. J'avais déjà remarqué comme elle soignait sa robe de scène.

Je m'étais demandé ce que j'allais faire de ses fleurs de plomb. Je l'entends me dire :

— « Tu les arroseras peu, prends en soin... »

Je conduisais assez bien et elle semblait confiante.

— Je n'ai pas de permis Mona, je ne prendrai pas le relais au volant.

— Ce n'est pas grave, je ne me fatigue jamais à conduire.

Notre voyage avait pris une allure de vacances, une interruption dans notre travail.

Henriette m'avait parlé de ses plongées en mer, de parachutisme, d'activités qui pour moi auraient pu tenir de la fiction. A propos de plongée, d'aquarium... que sais-je, elle avait brandi une photo. Je ne l'avais pas regardée, j'étais à ma route.

— Il y a « deux » requins sur cette photo (j'eus un frisson) : une maman sorcière et son petit.

— Pourquoi une sorcière ? avais-je demandé, écoutant à moitié.

— Comme ça... je pense à ma mère.

— Tu trouves que ta mère est sorcière, pas la mienne, avais-je dit honnêtement.

— Ma mère ? Disons alors un peu follette, un côté sympathique. Mais trop d'emprise sur les gens. Rancunière aussi. Je lui appartenais, elle voulait jusqu'à mon ombre. Filiation riche et en plus hétéroclite.

Henriette s'était remise à examiner ses requins.

J'avais eu par Marie, notre habilleuse, qui ne pouvait s'empêcher de s'intéresser aux gens et de commenter envers et contre tout, d'amples informations sur les origines d'Henriette. Je ne sais pas comment elle se débrouillait, notre habilleuse, en tout cas elle savait beaucoup de choses sur tout le monde. Un jour où je dus m'attarder pour des retouches, j'eus droit à l'histoire. Il ne fallait pas priver Marie, elle méritait bien ses petits bonheurs dans le travail titanesque qu'exigeait Jordan.

C'est ainsi que j'appris l'origine russe d'Henriette. Un de ses ancêtres avait fait partie du corps expéditionnaire russe formé en 1915 à la demande du gouvernement français. Il s'était battu dans les tranchées françaises. L'histoire passionnait Marie. Elle était fascinée.

— Ces soldats russes, c'étaient des soldats parmi les plus braves, levés par le tsar, des volontaires qui savaient lire et écrire. Pas de simples moujiks !

Marie parlait, elle moulinait :

— Après la révolution soviétique plus personne ne voulait d'eux. La France craignait qu'ils soient socialistes et les Russes tsaristes. L'aïeul d'Henriette s'est caché plusieurs mois dans une meule de paille avec la complicité et l'amour d'une jeune fille. Enfin il est resté en France, il y a fondé une famille.

J'avais dû offenser Marie en lui demandant si Henriette lui avait vraiment raconté tout cela.

— Mais oui Mona ! Vous n'avez pas entendu ? Et quand elle a parlé de Platon alors ?

— De Platon, Marie ?

Là, j'avais décroché. Marie ne m'avait plus laissé de paix, c'était son violon d'Ingres, l'Histoire, les histoires et la politique. Elle m'avait même expliqué le « mythe athénien ». Henriette lui avait donné un article là-dessus.

— Le mythe athénien qui concerne l'origine, on l'appelle l'autochtonie.

J'avais dû avoir l'air ahuri. Imperturbable, elle avait continué.

— L'autochtonie. C'est le mythe des « bien nés »... l'opposition du même et de l'autre... Mais le même a besoin de l'autre...

— Ah ! Et Platon là dedans ?

Marie m'avait regardée avec suspicion.

— Vous n'étiez vraiment pas là quand Henriette nous avait tout expliqué ?

Je n'étais vraiment pas là, je m'en serais souvenu.

J'avais encore eu quelques bribes de plus sur les origines d'Henriette. C'était ce qui m'intéressait au plus haut point. Elle avait, en effet, une famille hétéroclite.

— La mère est musicienne.

J'avais fixé Marie, interrogative.

— En voilà du bavardage, comment avez-vous pu faire parler Henriette ainsi ?

Elle avait haussé les épaules.

C'était donc tout cela la « filiation riche ».

J'y avais repensé en roulant vers Sète. A côté de moi, Henriette s'était endormie. Elle se réveilla, je me risquai :

— Tu voulais dire quoi tout à l'heure par filiation riche ?

Elle avait étouffé un bâillement.

— Eh bien, j'ai une grand-mère allemande et plus loin dans l'arbre généalogique... un Russe, et plus on remonte dans l'arbre plus ça se diversifie.

— Allemande ! Marie m'avait déjà parlé de ton Russe.

Henriette avait éclaté de rire.

— Marie sait tout de tout le monde, elle réussit à te faire dire une chose anodine puis elle développe, elle t'oblige à acquiescer, à corriger. Je crois que c'est indispensable pour elle. Tu as vu ce que lui demande Jordan. Elle doit monter un costume, le détruire, le recomposer, mais il lui fait une telle confiance. Elle est de tous les décors. Elle sait tout, sauf... sauf pour Clémence. Là, elle perd son latin, alors elle fait des hypothèses. Moi non plus je ne sais rien de Clémence... et pourtant je sais tant de son jeu. Tu vois ma grand-mère, il y avait chez elle de la voix de Clémence mais c'était de l'allemand. On ne l'interrompait pas, on attendait, docile, la fin des phrases. J'ai appris à passer d'une langue à l'autre. Dans chacune je trouve ce qu'elle peut dire de la vie du corps, l'enfance, l'homme, et si elle le traduit imparfaitement, une autre langue peut venir à l'appui...

Henriette devint songeuse. Elle se parla doucement.

— Qu'est-ce que tu marmonnes ? lui dis-je.

— Mon texte, répondit-elle. Je peux aussi me taire.

— Ce serait pareil, je t'entendrais.

— Tu entends tout Mona, on n'a pas l'impression d'être découpée en face de toi. Je veux dire, sur scène... Tu vois ? (J'avais opiné) Je veux dire : tu comprends, tu sens, tu relies les choses. Tu ne divises pas. Tu donnes de la vie, de la mort, un tout inséparable.

— Sur scène ?

— Evidemment, pour le reste... Sur scène, si tu ne bouges qu'un seul muscle, c'est déjà une chorégraphie.

J'avais pensé qu'elle était indulgente.

Ce ne fut pas toujours le cas. Je me souviens qu'elle me fit la tête toute une journée pour l'avoir privée d'une réplique à la Générale. J'avais eu un trou de mémoire. Je la sentis tendue pendant quelques jours. Mais rien n'entrava notre jeu au cours des représentations. Je me rendis compte beaucoup plus tard à quel point Jordan m'avait aidée...

Comme j'avais conduit toute la matinée, j'eus envie de m'arrêter. J'étais sortie de l'autoroute, Henriette me fit faire plusieurs kilomètres encore. L'école buissonnière en quelque sorte.

Spontanément, elle m'avait dit :

— J'avais un théâtre pour enfant, tu sais, des marionnettes. Je l'ai abandonné, je m'y usais.

— Ah !

— C'est exigeant les enfants. Je travaillais mes poupées en plusieurs langues. Ce public n'est pas indulgent, il te hue si tu ne réponds pas assez vite.

Pour équilibrer les confidences, j'évoquais mon métier de décoratrice. J'ajoutais que Clémence, quand elle n'avait pas le théâtre, faisait de la synchro.

— Clémence, dit Henriette, je l'admire. Je n'ai pas de mot pour la dire, jamais vu autant de finesse. Elle propose, elle suggère, elle provoque..., elle ne néglige rien. C'est fou ! Durer comme elle, c'est inespéré.

Nous nous étions arrêtées devant un restaurant de poissons. Henriette m'avait fait stopper là. J'avais eu un haut le cœur.

— Je n'aime pas le poisson.

Elle m'avait regardée comme si j'avais renié Dieu sait quoi.

— Je n'aime pas le poisson, ça m'écœure.

Il m'était revenu confusément de vieux souvenirs. Elle s'était mise à rire de mon air consterné. Elle m'avait poussée vers le restaurant d'en face.

— Là, tu seras contente, ce ne sera que grillade noircie et saignante.

Elle m'avait chuchoté en entrant : « marchand de sang ».

Elle avait mangé allègrement une assiettée de légumes. J'avais rougi de mon entrecôte. Je lui en avais voulu de gâcher mon plaisir de repas alors qu'en ce moment je pouvais tout avaler et m'octroyer les meilleurs desserts de la carte. J'avais simplement pris des fruits comme je pensais qu'Henriette allait le faire. Je m'étais trompée, elle commanda une glace dûment composée. Je refusai quand elle me proposa d'y goûter. J'avais ma dignité.

— Tu es vraiment végétarienne ?

— Pas spécialement Mona, je me méfie plutôt de la nourriture à laquelle la bestiole a eu droit.

Je l'aurais mordue. Elle aurait fini par me donner des nausées. Comment lui parler de mes périodes d'obésité et de mes privations passées ?

Elle, elle avait repris les arguments que nous connaissions. Elle avait énuméré les cataclysmes modernes, elle avait déploré avec le plus grand calme les peines que les hommes s'infligeaient. C'était structuré. Henriette est une scientifique.

Avec Clémence tout était différent.

Clémence qui aimerait que j'écrive. Mais comment écrire, je suis encore toute endolorie par les traitements, les drogues, la thérapie.

Non je ne veux pas. Cette idée ! Pourtant je suis tentée. Certaines choses, peu à peu, s'éclairciraient. Oui, à construire, après tout, ma volonté pourrait s'appliquer. Sur des temps courts.

Après le repas chez le « marchand de sang », nous avions repris la route vers Sète.

— Si tu me disais ton texte là, Mona ! Comme tu le peux en conduisant, et si tu veux... je te dirais le mien.

— Tu prendrais ce risque ma petite Henriette, avec moi au volant ?

— Bien sûr, tu l'as déjà fait j'imagine.

En effet, le texte au volant était un de mes exercices. J'avais pris le début. Henriette m'avait donné la réplique.

— Qu'est-ce que c'est beau Mona ! On a bien travaillé, non ?

Je la regardai, sa peau, ses couleurs.

— Tu as de la chance, lui dis-je, la « Parque » est belle à ton âge.

Puis, nous nous étions tues pendant un long moment.

Nous avions fait encore un arrêt lors de la dernière partie du trajet. La voiture garée au bord d'un chemin, nous avions marché un peu.

— On reprend le texte, Mona ?

Et sans attendre ma réponse, elle le dit :

— « Je me voyais me voir, sinueuse, et dorais
De regards en regards, mes profondes forêts. »

Alors moi j'avais enchaîné très vite :

— « J'y suivais un serpent qui venait de me mordre. »

Elle :

— « Quels replis de désirs, sa traîne !... »

Puis elle m'avait crié :

— Le poison, maintenant.

— Comment le poison ?

— Eh bien dis « le poison » Mona, j'aime quand tu le déclames.

— Je le déclame ?

— A ta manière, mais j'aime beaucoup.

— « Le poison, mon poison, m'éclaire et se connaît »

— Reprends « jalouse ».

— « Jalouse... Mais de qui, jalouse et menacée ? »

Henriette, à son tour :

— « Cher serpent !... Je m'enlace, être vertigineux ! »

Elle m'avait fait face.

— Tu es belle Mona ! Vertigineusement femme.

C'était passé sur moi comme une ondée. Je pris ce compliment, lui accordai sa valeur.

De retour à la voiture elle avait sorti son sac (elle en mettait des choses là dedans). Elle avait brandi une pièce de tissu rapportée d'un de ses voyages. Jusque-là elle lui avait servi de couverture.

— Je l'ai nettoyée, c'est pour toi, me dit-elle.

Le tissu était beau, un cachemire dans des tons blancs. Elle l'étala sur moi. Je le repliai soigneusement.

Je l'ai toujours ce cachemire, inaltérable, neuf. Comme les fleurs de plomb je le garde précieusement.

J'aime m'envelopper dedans, le toucher, le draper. Je m'en couvre de la tête aux pieds dans mon fauteuil de convalescente.

Et Marie qui veut m'en faire une veste ! Elle me l'a proposé à l'hôpital, il y a quelques jours encore...

Marie, éternellement attentive. Comme elle nous accueillit à notre arrivée à Sète ! Nos chambres, notre repas étaient prêts ! Je tenais encore le cadeau d'Henriette, je le lui montrai. Elle le tourna longuement dans ses mains avec la considération de la spécialiste :

— Un cachemire de qualité, une belle matière.

Je savais à quel point Marie aimait les belles étoffes, quelle connaissance elle possédait de leur histoire.

Elle voulut que j'essaie, au plus vite, ma robe de scène. Elle parut soulagée. Les rectifications ne lui demanderaient que peu de peine.

Elle me considéra alors longuement et, sur un ton réprobateur :

— Vous vous négligez.

Elle toucha ma jupe, la remonta, la tira.

— Mais enfin Marie, qu'est-ce qui vous prend ? Laissez ce vêtement, c'est ma jupe de travail, c'est une tenue pratique, non !

— Moi je vois autre chose dans ce vêtement, fit-elle.

— C'est une vieille jupe réparée, ravaudée, qui a un jour cédé aux coutures, c'est tout, voyons.

— Ces coutures n'ont jamais cédé. Quelqu'un a taillé dedans. Ce vêtement a été malmené.

Marie me sembla exagérément navrée. Elle lâcha ma jupe, la lissa. Surprise, j'avouai que j'étais l'auteur du massacre. C'était dans ma propre graisse que j'avais voulu tailler cette fois-là. J'avais pleuré sur le désastre après mes coups de ciseaux.

— On pleure tout le temps sur quelque chose d'autre... sur...

J'approuvai. Elle ajouta que c'était toujours ainsi en fin de compte. Comme dans « La Jeune Parque ». Elle aimait parler de « La Jeune Parque ». Elle ne s'en privait pas.

— La Parque, c'est la femme à travers ses âges, n'est-ce pas, avec ses agonies ?

— C'est bien difficile à définir.

— Oui ! Vous Mona, vous en pensez quoi ?

— Moi ?

— Dites, dites.

— Je ne sais pas, je joue.

— Si, si.

— Je ne sais pas..., j'y entends des voix, de la naissance à la mort. L'âme parle... ce sont les mots... les marques du corps, la féminité... la Féminité.

Marie sembla aimer cette façon de voir. Le corps, la féminité, c'était son domaine. Elle avait soigné la confection de nos robes, elle les avait suivies de près. Elle avait été émue quand Jordan lui avait apporté les dessins de nos costumes.

— Quand je faisais les patrons, me dit-elle, quand je bâtissais, j'étais touchée par ce que cela révèlerait des corps. Quand j'ai fait l'essayage... à Clémence...

Sévère, je la regardai s'aventurer, elle s'arrêta, baissa les yeux. Marie avait effleuré le mystère de chacune de nous trois. Elle biaisa :

— Vos robes sont collantes ou floues. Elles aussi épousent le texte.

C'était juste, nos tissus adhéraient ou s'en allaient en plis autonomes. Certains avaient leurs lignes indépendamment de nous. J'aimais parler ainsi, avec Marie, de l'ample, du collant, du flou. Nous nous comprenions. Nous avions le même langage pour décrire le relief, le tombé des tissus, ceux des costumes, ceux des décors. Nous nous entendions à propos des fibres et des reflets, de la mouvance des plis, de leur surimpression, de la durée d'un pas dans les vagues du voile, des ondes du corps, de son abstraction dans l'espace, d'une arabesque d'étoffe et de ses points d'attache, de tension, de suspension. Nous connaissions cette grammaire elle et moi, sa construction, son ambiguïté, ses propositions, ses ellipses, ses raccords et ses collages.

— J'ai porté beaucoup de flou, Marie, autrefois. J'étais grosse, grosse.

— Là vous n'avez pas à vous plaindre. D'ailleurs vous êtes toutes les trois faciles à habiller. Clémence est la plus étonnante avec sa ligne de jeune fille, à croire qu'elle n'a jamais changé. Mais cette peau..., la pauvre.

Marie avait enfin réussi à m'en parler. Elle continua :

— Jordan n'y est pas allé par quatre chemins. Il s'en est servi. C'est comme le travail du temps pour « La Jeune Parque ». Non ? Je comprends, vous savez. Et comme il a sacrifié les beaux cheveux de Clémence.

— Enfin Marie, vous avez dû en voir bien d'autres au théâtre. Il y a longtemps que vous travaillez avec Jordan ?

— Non pas avec lui, au théâtre oui. ... cette fois c'est plus troublant. Ce ne sont pas des personnages ordinaires. Toutes les trois vous êtes chacune « La Parque ».

— Ce n'est pas si simple à dire Marie. La femme se démultiplie dans le temps... dans ses regards, ses ombres..., ses monstres, ses saisons.

— Oui je comprends. J'y pense beaucoup devant vos robes.

Elle se tut, un long moment, et, finalement, elle choisit de revenir au coupon de cachemire. Elle retourna le tissu, le plia selon un ordre bien à elle. Puis elle déclara qu'elle m'en ferait un jour une robe « ou même un tailleur », ou autre chose.

— D'ailleurs j'imagine déjà quelques modèles, dit-elle, triomphante.

Je voulus l'interrompre. J'avais tellement à faire, nous venions d'arriver, il me fallait m'installer. Elle le savait, elle passa outre, elle sortit son grand calepin à dessins. Je le connaissais.

(Elle dessinait quelquefois devant nous, c'était sa façon d'appuyer ses arguments.)

Je compris que je ne gagnerais rien à la brusquer. Je cédai. Elle dessina très vite (elle s'amusait) :

— Tenez celui-là ferait une tenue de mariée si vous...

— A mon âge Marie !

— N'est-ce pas blanc ?

Les conventions l'amusaient.

— Cessez de me parler de mariage, Marie, j'ai déjà été mariée.

— Eh oui, je le sais.

D'où tenait-elle cette information ? Pas de Clémence, j'en étais sûre. D'autres indiscrétions ? Jamais je ne tirai cela au clair.

— Vous savez quoi ? lui dis-je, « Mon mariage des oubliettes » ?

— Pas si aux oubliettes que cela, il devait être bel homme votre mari.

— Oui... c'était un bel homme, Jean-Marc, fis-je naïvement. Je ne sais pas où il en est de cette beauté.

— Et à part cela, il était gentil ?

Quelle question, un jour il m'avait plaquée !

Je l'avais revu plus tard, une fois... dans une foule. Je pouvais prétendre qu'il m'avait laissée indifférente, j'avais déjà commencé à aimer les hommes jeunes. A y réfléchir... oui, Jean-Marc était resté bel homme, mais plus du tout (je le croyais très fort), « plus du tout mon genre ».

Marie n'insista pas, mais les croquis s'entassèrent. Elle fut prodigue encore et les modèles plus beaux les uns que les autres. Elle avait sa définition, son idée du corps féminin. Elle se désolait de ne pouvoir assez bien l'exprimer. Elle s'évertuait à discuter du sujet avec chacune de nous trois. Elle tenait à nous faire une, harmonie vêtement corps, pour nous qui étions ici, morcellement de la féminité.

— Morcellement ! dit Marie. Si vous appelez ça morcellement... Eh bien oui, regardez ce qu'il me fait faire, rien ne tient plus ensemble.

Elle ronchonnait au cours des essayages.

— Ne pensez pas qu'on se décompose Marie, il y a... un autre monde... une transcendance. Ne croyez pas...

— Je ne crois rien.

Je la vexai. Quelle idée me prit ? Et cependant je continuai :

— C'est pour cette transcendance, ce côté vaporeux, par endroits, de nos robes.

— Vaporeux, ah des anges quoi ! J'ai compris. Je me fâche, ce n'est pas grave, je connais Jordan. Je lui fais confiance.

— Je vous quitte Marie, nous avons trop bavardé et je n'ai pas rangé mes bagages. Je vous verrai demain.

Le lendemain, quand je revins pour la mise au point de mon costume, elle me fit une dernière remarque à propos de la pièce :

— Il faut que je vous dise. Moi je n'ai pas de mérite. Ce sont les mots, ce sont eux les plus beaux dans la pièce.

Elle voulut me dire autre chose. Elle hésita, se reprit.

— J'ai parlé... nous avons parlé hier de « La Jeune Parque » et d'autre chose aussi avec Henriette.

Puis, Marie partit d'un trait :

— Henriette voudrait magnifier l'universel. Je ne pourrais pas vous rapporter ses propos exacts. J'aurais voulu que vous m'expliquiez.

— L'universel maintenant, et magnifier ! Qu'est-ce que vous me racontez ? Je ne sais pas moi. J'ai autre chose en tête. Henriette ferait mieux de se taire, je n'ai jamais vu une comédienne aussi dispersée.

En réalité Henriette était parfaite dans son rôle de parque. Elle se suffisait, elle ne quémandait pas.

Marie ne capitula pas.

— La femme, l'homme, le monde, notre place sur la planète. Je crois qu'Henriette va travailler sur tout cela après la pièce. Elle dit que c'est à nous de faire notre monde. La société, son aménagement, c'est notre affaire à tous.

— Des lieux communs, rien que des lieux communs

— Je vous répète ce qu'elle m'a dit.

Je me demandai comment Henriette pouvait se préoccuper de tout à la fois. Il ne devait y avoir que le théâtre en ce moment, rien d'autre. Mais elle avait sa façon de vivre.

— Elle a beaucoup d'énergie cette jeune fille.

— Mais vous Mona ? Alors et vous ?

Je ne répondis pas, Marie se tut désarmée. Elle épingla encore un peu partout sur moi. Le résultat sembla lui plaire.

— Il fallait vraiment que je rectifie votre robe, elle n'allait pas, je ne trouvais pas l'erreur... Jordan non plus... Il sera content du résultat maintenant. C'est en parlant, là, vous devant moi, que j'appréhende au mieux le vêtement. Il faut me pardonner mes bavardages mais moi je travaille comme cela. Je vous sens respirer, bouger, je vous trouve. Vous avez une jolie ligne, Mona.

C'était bien dans les manières de Marie.

Chacun avait sa façon de me voir. Didier, lui, m'avait trouvée « en forme ». Mon docteur avait déclaré : « Vous avez perdu trop de poids. Il faudra surveiller. » Perdu. Comme on perd la tête.

Comme on dit de ma mère : « Cette pauvre Louise, qui a perdu la tête. »

Inévitable ! Je tombe sur toi Louise à chaque détour de mon appartement. J'arrange un napperon, j'ouvre un meuble, un tiroir, c'est toi, ce sont tes bijoux..., et des tas de petits objets que je m'appli-que à ranger. Je veux les oublier pour l'instant.

Oui, ma mère avait perdu la tête. Je ne voulais pas l'admettre. Elle rétrécissait seulement. Certains partent en morceaux, quittent lentement la vie en débitant le corps au détail. Qui un morceau d'estomac, quelques mètres d'intestin, des dents, des cheveux par ci, par là. Les cellules de Louise avaient certainement fondu à mesure qu'elles s'endormaient mais il restait le cœur, les yeux, les cheveux... Je ne voyais vraiment pas ce qui manquait. Allons, depuis le temps j'aurais dû m'y faire. Elle se recroquevillait, mais à un rythme régulier. Un jour, elle redeviendrait fœtus.

Ah ! Ma Louise, le corps est si bien organisé qu'on a du mal à le quitter. Quitter son corps, c'est pour cela qu'on pleure. Le sens des larmes. Louise ne pleure pas, ne voit-elle rien de sa noyade ou s'est-elle arrangée pour vivre momie ?

Avant mon opération, j'étais allée la trouver, je lui a-vais annoncé que je m'en allais en morceaux. Ses yeux ne bougèrent pas. Elle ne se recroquevilla pas plus. J'avais choisi de parler à ma muette en l'absence de mon père.

Je me rappelle lui avoir dit : « Perdre un sein, hein ! Moi qui n'ai cessé de tendre le torse aux caresses. »

Caresses de tant d'hommes. Caresses de Didier. C'est moi qui lui en avais appris le langage à Didier.

A Sète, dès mon installation, il m'avait téléphoné. Son coup de fil était arrivé juste à point, comme toujours. Il avait voulu savoir si j'étais bien, si je ne manquais de rien, si l'endroit me plaisait, s'il pouvait venir s'en rendre compte. Je le reconnaissais là. Il avait ses ruses. Il aimait se rendre indispensable par ses attentions, sa présence. Il se rendait présent tout le temps et surtout à distance. C'était un coutumier du coup de fil. Il savait que les vieilles maîtresses aiment être assistées, accompagnées... même de loin. Dupes ! Pauvres hommages pour elles, à peu de frais, les glorifier pour leur service à l'amant.

— Tu peux venir, si tu veux, lui avais-je répondu. Je te préviens, je n'aurai pas beaucoup de temps. Samedi, veille de la Première, le metteur en scène nous laisse quelques heures. Samedi, oui, nous pourrons nous promener.

Je prenais ce risque de polluer mon travail. Voilà encore mon amateurisme. Didier était venu ce samedi-là. Nous avions marché dans la campagne à distance l'un de l'autre. Je n'avais pas eu envie de m'approcher, pas eu envie de m'éloigner. Je savais que des temps moins sereins reviendraient. Je tenais les mauvaises idées loin de moi. Mais lui ? Lui manquais-je, nos disputes, nos affrontements... ?

— Et Lise ? fis-je brutalement.

— Oh ! Mona. Elle, ce n'est pas toi. Malgré elle, malgré toutes les autres, tu pourrais me garder si tu voulais.

Jouait-il franc jeu ? J'en doutais. Il avait continué.

— Tu réussirais mieux que Marlène.

— Quoi, encore Marlène ? Il y avait longtemps que tu ne m'en avais plus parlé de celle-là.

Il s'était approché doucereux :

— Elle n'a jamais pu me garder de toi.

Je l'avais lorgné avec pitié. Il avait besoin de ses fantasmes de vieilles marionnettes, de potiches. Il les manipulait les unes à l'aide des autres. J'en sentais la dérision, je ne m'y laissais pas prendre ici.

Plus tard je n'aurais plus cette lucidité et je me plierais à tout pour le garder. Et moi qui croyais savoir mieux manœuvrer que les autres ! Etre la meilleure.

— Tu es la meilleure ma petite Mona.

Il avait pris ce ton badin, s'était encore un peu rapproché de moi sur le chemin. Il avait abandonné le « sujet Marlène », sujet pas très clair, pas très glorieux, ni pour lui ni pour moi.

Un silence s'était installé entre nous deux.

Didier m'avait troublée, il avait encore réussi. Pourquoi avait-il remis cette Marlène en jeu ? J'eus, soudain, besoin de me persuader que je n'avais plus peur de celle-là. J'avais su la supplanter sans aucun scrupule. Pauvre vieille Marlène ! Finalement pas beaucoup plus vieille que moi. J'étais trop semblable à elle. J'avais appris à la connaître mieux que lui. Je m'étais vue en elle, c'était devenu mon reflet, ma caricature. Je n'avais rien voulu oublier d'elle et pourtant elle avait disparu depuis bien des années.

Quand Didier avait commencé à se lasser de moi il s'était plu à nous confondre. Il avait dit : « vous les femmes » et avait méchamment insisté.

— Tu vois, Mona, je ne savais pas à quel point j'aimais les femmes, tu me l'as appris. C'est plein de surprises une femme, une force, une volonté et un mélange de rage. C'est un visage doux, puis c'est une cacophonie, du bruit, du vent, du chaud, de la glace. Aromatique. C'est inaccessible ou c'est collant, ça enivre ou ça étouffe.

Oui, il m'avait mise dans le même panier que les autres, avec Marlène. Quoique je puisse imaginer pour la gommer, elle faisait partie de nos vies. Je savais quel danger j'encourais à entendre son nom.

Didier reparti, le fantôme de Marlène était revenu ce soir là, malgré « La Jeune Parque ». Je m'étais trouvé de nouvelles rides dans le miroir, l'ombre de Marlène les appuyait. Pourtant je m'étais dit mille fois que je n'avais rien à craindre. Je n'étais pas elle. D'ailleurs Didier, après nous avoir confondues, n'avait cessé de me répéter : « Tu es tout autre. Vous êtes aux antipodes l'une de l'autre. »

Elle et moi, nous nous étions battues pour lui. Ce fut mon grand tournoi. Mon combat le plus dégradant. Ne jamais oublier Marlène ? L'oublier ? Il m'en avait trop parlé.

Quand elle l'épousa, il avait dix-huit ans. Elle en avait trente, peut-être plus, et deux enfants. Elle s'était débarrassée de leur père. Elle avait promu Didier chef de famille. Elle l'avait mis au premier rang. Elle l'avait piégé... Elle s'était occupée de tout. Il avait pu faire des études. Il avait réussi. Elle l'avait « protégé » de toute autre influence.

Il me racontait des choses comme celles-ci :

« Je n'avais pas vu le danger Mona. Le piège était parfait. Avant elle, je n'avais pas pu approcher d'autres femmes. J'étais un jeune homme coincé. Chacun son histoire, n'est-ce pas ! Avec elle plus aucune rencontre possible. Personne. J'étais à son service. Elle m'avait fait, elle m'utilisait. Elle avait besoin de moi. J'avais été heureux, au début, de lui donner tant de bonheur. Puis elle vieillit. Elle n'avait plus que moi à qui se raccrocher. Elle me fit du chantage : elle avait quitté sa famille pour moi... elle avait payé mes études... elle s'était sacrifiée. Elle m'avait donné un rang, une famille. Ne jamais oublier ! »

Didier avait filé doux, premier complice de ses tortures. Il avait comblé Marlène. « Une si belle femme encore ! »

Intarissable, il m'avait maintes fois expliqué comment Marlène avait procédé.

— Une roublarde cette Marlène, avait-il dit un matin comme il se réveillait à côté de moi.

Je l'avais arrêté.

— Pas plus que moi, pas moins !

Il était venu se frotter contre ma peau.

— Elle, Mona, elle avait prémédité son coup, puis m'avait enfermé dans une culpabilité.

— Mon pauvre agneau ! A qui veux-tu faire croire que tu étais prisonnier d'une morale ?

— Elle, elle le croyait et ça suffisait.

— Ah ! Les hommes, si vite vaincus. Toujours prisonniers de leurs atermoiements. Les femmes, tentaculaires. Les femmes vont vite. Il fallait l'arrêter ta Marlène.

— Oui si tu veux, j'étais prisonnier. Mon temps passait, ma jeunesse. Je traînais dans mes années. Tu as raison Mona, Marlène n'avait pas perdu de temps...

Je comprenais, je savais qu'elle avait tout fait pour enchaîner Didier jusqu'à, finalement, feindre la maladie. Il s'était, alors, posé en valeureux mari près d'elle, enterrant sa jeunesse pour la soigner.

Ce fut à cette époque que moi, tombée amoureuse de lui, je m'étais battue contre Marlène.

J'avais rencontré Didier dans son établissement alors que j'y renouvelais l'agencement, le décor. Il travaillait, appliqué, concentré. Il semblait loin des autres. Bel homme, était-il si indifférent aux femmes ? J'étais capable de n'importe quel siège, de n'importe quelle attaque. J'étais jolie, tout en minceur, j'avais oublié Jean-Marc, mes échecs. Que Didier était beau ! Un coup du destin ! J'entrepris sa conquête avec une détermination farouche.

Je louai une chambre dans le même immeuble que lui. Je revois cet immeuble plus net, dans mon esprit, que toute autre chose attachée à Didier. La fenêtre de mon unique pièce donnait sur le parc. Un grand miroir au mur reflétait les arbres. Un mur glauque. Chaque matin, je me regardais sur fond de verdure, m'y armais. Puis je m'arrachais de l'image, et je partais en campagne.

J'épiais le couple.

Marlène était double, elle était triple, sa mise, son langage... Elle avait une autre allure, un autre pas quand elle sortait seule, une autre coquetterie, de l'allant. Au bras de Didier elle se traînait, il la soutenait, elle s'asseyait souvent. Elle reprenait son souffle sur les bancs de l'allée du parc, toujours les mêmes. Patient, il l'aidait à se relever. Ils montaient, l'un contre l'autre, à leur étage en un temps étiré. Mais quand il ne risquait pas de la voir, comme elle grimpait agilement.

Dans leur appartement, en plus du couple, il y avait un jeune homme et une jeune fille, les enfants de Marlène. Guère plus jeunes que Didier, eux aussi offensaient sa jeunesse. Toute cette famille s'agitait.

Je les étudiais, ces personnages, comme ceux d'une pièce. J'imaginais, pour eux, un texte extravagant que la réalité ne démentit presque jamais.

Enfin j'abordai Didier au travail. Il n'avait même pas remarqué que j'habitais son immeuble. Dans sa maison, dans sa rue, il ne regardait personne. Il sortait de chez lui, tête baissée, il rentrait pareillement. J'eus les mots pour toucher sa plaie et les gestes pour la panser. Il tomba dans mes bras comme un fruit mûr.

Le combat avait été inégal.

Moi, j'étais partie gagnante. J'avais pu jouer cachée, libre. Au travail, le patron de Didier ne jurait que par mes compétences. J'avais redonné une autre apparence à ses locaux, un autre fonctionnement. Parée de mon auréole, je me montrai à Didier, l'encourageai, le réchauffai par mon attention. Il me fut facile de le séduire, c'était un aveugle de la vie.

Marlène n'avait pas eu le temps de s'armer, elle ne m'avait pas vu arriver sur leur terrain, trop accaparée par sa propre comédie.

Deux ans après, nous étions installés, Didier et moi, en d'autres lieux.

J'avais eu plus de vigueur que n'en aurait eu n'importe quelle jeunesse. Avec moi Didier avait des projets, un présent, un avenir, un passé. Je l'aimais, je l'avais sauvé, je le garderais.

Je ne me souciai plus du temps qui travaillait pour lui et contre moi déjà.

*D*ans l'immense lit, notre lit d'autrefois, trop grand pour moi maintenant, d'un bout à l'autre je cherche ma place. N'importe comment, roulée en boule ou allongée, tendue comme une tige, n'importe comment, je me crispe.

C'est fini, je suis seule.

— *Respirez par le ventre, voyons ! Vous ne savez pas respirer.*

C'est ce que m'a dit l'infirmière, après l'opération.

« Respirer par le ventre. » Bien entendu, j'avais su le faire. Mais j'ai tant à réapprendre.

Tout se dérobe ou fluctue. Je m'agrippe, tout m'échappe. J'ai peur. Un détail se brouille, c'est l'ensemble qui vacille. Je dois m'appliquer à penser dans un bon ordre, voyons.

Etait-ce vers la fin, à la Dernière de La Jeune Parque ? Oui... plutôt un peu avant. Henriette s'était arrangée pour se trouver seule avec moi. Sous quel prétexte, j'ai oublié. Elle avait son idée.

Elle projetait une pièce ou une fresque avec, au centre semblait-il, « Les fleurs de plomb ». Elle avait déjà lancé cela sans trop de précisions. D'ailleurs personne n'avait insisté pour savoir. Chacun préparait ses horizons, l'avenir se remettait doucement en place.

— Tu sais que je m'intéresse à l'écologie, dit Henriette avec un sourire léger. Je voudrais faire passer quelque chose dans ce sens.

— Tu penses à quoi, à un message ?

— Oh ! Mona, quel grand mot ! Un message !

— Quoi alors ?

— Je te dirai franchement que je ne sais pas très bien encore où je vais, mais quand nous aurons décidé...

— C'est qui nous ?

— Justement... je voulais te demander...

— Tu ne penses pas à moi quand même ?

— Si, parce que tu es plasticienne, tu pourrais...

— Je suis dé-co-ra-tri-ce.

— Une décoratrice telle que toi me conviendrait.

Je l'avais regardée bien en face.

— Tu voudrais un décor de théâtre, Henriette ? Encore le théâtre !

— Je ne sais pas trop, dis au moins si tu acceptes de m'écouter.

— On verra.

Autant que je me souvienne, je ne l'avais pas encouragée. Puis nous arrivâmes au terme des représentations, le temps s'accéléra, les heures se collèrent étroitement les unes aux autres. Il y eut les débats, les critiques et des paroles qui se gravèrent.

Dans ce tourbillon je m'étais trouvée, par hasard, un moment seule avec Jordan dans la grande salle de réunion. J'étais entrée alors qu'il rangeait les articles de presse. Je l'avais surpris à relire une critique qui le louangeait.

« Jordan a pris de gros risques. Sa mise en scène est audacieuse, disait le journal, mais elle est faite avec une habile retenue dans le mouvement... Il a exploré l'indicible et nous a conduits à des vues de l'au-delà... »

Jordan avait posé la coupure, n'avait pas fait attention à ma présence. Je l'avais observé, soudain je l'avais vu autrement. Je découvrais un homme. Son corps s'était encore allongé, amaigri au long des jours. En dernier je l'avais senti comme une ombre entre les décors, une présence constante, infaillible. Jordan avait été derrière chacune de nous, gardien invisible, tuteur. Il excellait même dans l'art de souffler. Il avait tenu à assurer cette fonction. Jamais je n'ai craint le trou de mémoire tant j'étais sûre de son soutien sur scène. Il nous rassurait. Il précédait nos défaillances et ses mots soufflés arrivaient audibles, comme coulés dans un cordon, tout juste pour l'acteur, pour lui seul.

Toujours sans tenir compte de moi, il avait lu un autre article à voix haute :

— « Cérémonie... déguisement... rituel inachevé, essoufflé... déplacements lourds... La mise en scène ne repose que sur des schémas démodés... »

Il avait soupiré. Puis il avait pris encore une autre coupure. C'était celle que je préférais, je la connaissais aussi bien que lui.

« Le mythe de la vie, le mythe de la mort, un mythe antique orchestré par un jeune metteur en scène qui dirige un chant à trois voix de femme. Il nous donne aussi, dans ce lieu, par la rigueur des déplacements et par le son grave d'un violoncelle alterné avec les voix, la présence de l'homme, en filigrane... »

Jordan avait alors levé les yeux vers moi.

— C'est fini Mona, la clôture va sonner son amertume comme toujours.

— Quels beaux instants il y eut !

— Oui... mais moi j'ai trop cadré le texte à cause de mon incorrigible logique.

— Quand même, musicien avant tout.

— Je suis plusieurs comme tout le monde. Comme toi !

Il m'avait regardée avec intensité. J'aurais pu croire qu'il n'avait jamais jeté un regard sur ma personne. En cet instant, j'avais mieux senti ses yeux, ils s'étaient vissés à l'intérieur des miens, directement à l'intérieur, faisant le point sur quelque chose d'infime.

Jamais doux, autoritaire, austère, il m'avait semblé froid, scientifique avec nos esprits, nos corps, une machine à nous calculer au millimètre près, sans paraître nous voir.

Je dois reconnaître pourtant que nous nous étions senties libres dans ses chemins tracés au cordeau.

Là, dans cette salle, il avait pris de plus en plus chair. Fatigué, il était devenu plus réel..., on pouvait l'imaginer ailleurs, avec peut-être... quelque part... une maison, sa maison et des bras impatients de lui, des cheveux à caresser et une table pour le dîner.

Il s'était encore adressé à moi du bout de sa table couverte de journaux. Il avait brusquement repoussé ses dossiers.

— Avec mon esprit faussement mathématique j'ai à nouveau mal interprété l'harmonie. Le poète va plus loin que les équations. Je n'ai pas touché les hauteurs, je me suis essoufflé, comme dit une critique.

Je m'étais gentiment moquée :

— « Pas de vers boiteux. Ne perdez aucun e muet, aucune diérèse. Qu'aucune syllabe ne fasse défaut... »

— J'ai dit ça moi, de cette façon simpliste ? Pourquoi pas après tout... je compte, je calcule, c'est ma hantise. Un point est un point, un chiffre, un chiffre. Mathématicien, géomètre plutôt. Je devrais prendre garde à ne pas assécher le rêve. Je me suis battu comme un diable contre ma rigueur mais elle est tout autant mon alliée que mon ennemie.

Je ne lui connaissais pas cette voix-là.

— Nous allons sortir durement de cette rencontre Mona, de ce... noyau qui nous a nourris. Ce sera difficile pour tous. Et moi je vais beaucoup y réfléchir. Je vais chercher à repartir. Comment repartir...

Il s'était arrêté, détourné, puis il était revenu vers moi.

— Merci Mona pour ce que tu as donné.

Ce fut son adieu.

Clémence avait été la première à quitter Sète. Ses bagages devaient être prêts depuis la fin de la Dernière. Chacun a sa façon de partir.

Elle avait repris l'intimité de sa peau, l'avait recouverte d'un tailleur hermétique. Tissu gris foncé, léger, une bourrette de soie. Elle avait caché ses cheveux trop courts qui s'étaient soudain adoucis en minuscules petites coques. Ils s'étaient ouverts aussi vite que des boutons de fleurs après l'orage, ils n'étaient plus collés par ce gel que Jordan leur imposait. Elle portait un chapeau assorti au tailleur, pas une erreur. La parque de mort était redevenue une dame élégante.

J'avais réussi à la retenir un peu.

— Quel chic Clémence !

— N'est-ce pas !

Subitement, Henriette fut entre nous deux.

— Je ne dirais pas comme Mona. Non, pas chic, ce n'est pas le mot. Hors du commun, du jamais vu...

— Une vieille femme, mes amies.

— Vieille femme ?

— Vous me l'avez assez fait sentir toutes les deux.

C'est vrai, nous lui avions dit de s'asseoir, de se reposer... nous lui avions avancé sa chaise.

— La vieille dame vous salue, fit Clémence enjouée.

Et elle avait ri de notre confusion.

Elle avait fait quelques pas puis était revenue. C'est à moi qu'elle avait adressé ces mots graves :

— Ce sera long de quitter « La Jeune Parque ». Ce sera difficile.

C'était la deuxième fois qu'on me le disait.

De la journée, mes pensées ne quittèrent pas Clémence. Maintenant où allait-elle ?

Sur la route du retour Henriette me dit :

— On ne sait rien de Clémence... Je l'entendrai pendant longtemps cette parque, crois-moi Mona.

« Je soutenais l'éclat de la mort toute pure
   Telle j'avais jadis le soleil soutenu... »

Oui, c'était sa partition que, moi aussi, j'entendrai longtemps.

Au bout du voyage Henriette m'avait répété :

— Je viendrai te voir dans peu de temps, tu es toujours d'accord ?

Etais-je d'accord ? Je n'avais pas su quoi lui répondre. Elle avait ramassé ses sacs et avait jeté un regard aux fleurs de plomb. J'avais alors tendu un carton avec mon adresse, mon numéro de téléphone. Le petit seau qui n'avait pas cessé de cahoter durant tout le voyage et sans jamais laisser tomber ni une goutte d'eau ni la moindre poussière de son horrible grenaille, le petit seau que j'avais entretenu avec le plus grand soin avait commandé mon geste.

— Ah ! Tu es d'accord.

Elle m'avait embrassée, fougueuse. Je l'avais regardé s'éloigner de son impeccable foulée, je m'étais demandé comment elle, Henriette, allait sortir de « La Jeune Parque ».

Cela fait-il longtemps que je suis là, couchée sous la couette, par terre ?

J'aime m'étendre l'après midi derrière la baie. Il fait si sombre que j'ai dû dormir. Pas même un rêve pour en être sûre, mais je n'ai pas vu se terminer le jour.

J'ai mal au dos. Une vieille douleur entrée dans ma vie en même temps que Didier.

Quel pouvoir a la souffrance ! Cette douleur de dos, que je n'avais pas éprouvée durant la « Jeune Parque » se réveilla dès que je quittai Sète. Elle accompagna mon retour. Juste, précise, ce fut elle qui me fit sentir que je revenais chez nous.

Didier m'attendait, il avait préparé un souper. En une bouffée, j'avais retrouvé, identique, la sensation d'anéantissement dans laquelle j'avais quitté mon appartement. Je l'avais vite repoussée et avais repris possession des lieux. Ils sentaient une autre odeur, ils étaient passés en d'autres mains.

— Ta Lise a osé venir ici ! avais-je crié.

Il n'avait rien répondu, son rire m'avait glacée. Puis il était parti. Je l'avais observé du balcon. Il avait remonté la rue d'un pas allègre. Il semblait sûr de lui. Je pensais toutefois qu'il n'avait pas imaginé ma façon de me rebiffer. Il avait peut-être d'autres plans pour me faire accepter sa nouvelle vie.

J'avais erré dans l'appartement toute la nuit, il n'était pas revenu. Je ne voulais pas être sans lui, dans ces pièces, les nôtres, sur ces sols, avec nos meubles. Je le voulais là. Le ramener ! Je m'étais promis de ne plus composer avec ses fantaisies, de me battre jusqu'au sang pour garder ma place.

Je connaissais un peu la petite Lise. Ma rivale cette fois était moins forte. Contre elle j'allais jouer le faux.

Le lendemain, quand elle sonna à notre porte (à l'évidence elle ne savait pas que j'étais rentrée), j'étais prête. J'insistai, hypocrite :

— Si, entrez Mademoiselle, vous pourrez l'attendre.

Je lui coupai toute échappée. Elle prit la place que je lui indiquai et n'en bougea plus.

Moi, je pouvais me mouvoir autour d'elle, je pouvais observer l'adversaire. J'avais mes objets ici, à agiter, à déplacer, à ranger. Je menai une belle sarabande.

Je cassai une tasse, avec sang froid ramassai les morceaux. Mes mains ne devaient pas me trahir, ni mes yeux. Avec des paroles anodines je commentai les contraintes d'un logis.

Pendant tout ce temps, que j'avais fait interminable, je m'étais adressée à l'autre, de dos, de profil. J'avais craint ma rougeur, mes regards.

Que savait-elle de nous ? Il lui avait peut-être dit que nous allions nous séparer, que tout avait été mis au point entre nous deux.

Elle était restée collée à sa chaise, mais j'avais senti qu'elle épiait les bruits de l'extérieur. J'aurais aimé qu'il vît la situation.

Qu'avait-il essayé d'obtenir de moi lors de ses visites, à Paris, puis à Sète ? S'il avait songé à sa liberté, il n'avait pas envisagé mon opiniâtreté. J'avais été différente les autres fois, je lui avais épargné les conflits ouverts. J'avais quitté la maison pour aller souffrir ailleurs ou pour mieux manœuvrer à empoisonner ses liaisons. Il ne me connaissait pas, j'avais combattu Marlène, j'allais détruire Lise.

Je m'étais complaisamment regardée dans une glace et j'avais susurré :

— Oui, Lise, si vous permettez que je vous appelle ainsi, oui j'ai l'intention d'acheter un autre appartement. Voilà, je vais partir.

J'avais menti sans vergogne. Je ne quitterais jamais cet endroit-là. Il était à moi et à Didier, à nous deux.

J'avais contenu mes palpitations. Mes déplacements calculés avaient gommé mes débordements. Aucun accent d'amertume n'était venu faner mon sourire d'hôtesse. Mon travail d'actrice m'avait permis de garder les yeux secs et la voix ferme. Je m'étais tenu à des mots mais ma pensée avait filé plus vite que le temps. Dans toutes les parties de mon corps étaient nées de nouvelles plaintes. Je n'avais pas été sûre de les tenir avant qu'elles ne fusent en cris.

Non, je ne voulais pas perdre mon dernier amant !

« Il est à moi » aurais-je voulu crier en le retenant dans mes griffes. J'avais ravalé toute cette lave et craché des formules, mais d'un œil je surveillais l'autre. Je la trouvai trop calme. J'aérai ma voix pour en finir :

— Bon, je vais commencer à rassembler mes cartons. Il me faudra tout de même un peu de temps avant de m'organiser. Didier et moi ne nous ferons pas la guerre. Seulement... attendez qu'il vous en parle lui-même. Vous savez les hommes...

Elle avait commencé à bégayer de vagues raisons.

— Didier m'avait dit que...

A sa place, je m'en serais tirée autrement. Puis elle était partie sous un prétexte futile.

Je m'étais mise à penser très vite. Mon émoi, ma fièvre étaient de mon côté. Jamais elle ne s'installerait ici. Personne. Jamais. L'appartement était à nous deux, oui, mais j'avais de quoi racheter sa part.

J'avais attendu Didier. Il n'était pas revenu. Cette attitude était nouvelle. Aucun alibi, aucune menace, aucune explication... Il m'avait laissée à moi-même.

Cette fois-ci, je ne grossis pas.

Au lieu de l'avidité, de la combativité !

Elle ne dura pas longtemps cette ardeur, puis survint l'apathie... Mon esprit commençait à me dérouter. Plus d'appétit pour combler le trou devant moi, plus d'élan, plus d'acte.

Ce que je n'avais pas réussi jusque-là, ma capitulation l'exécuta à ma place, elle s'en chargea.

Je n'arrachai plus Didier à personne. Il revint pour s'en plaindre, ironie de la vie. Il voulut savoir ce qui me changeait. L'avais-je vraiment aimé ? Je lui répondis, empruntant à Valéry :

— « La difficulté aujourd'hui, c'est que l'avenir n'est plus ce qu'il était ».

Je m'inquiétais de cette résignation et surtout de la solitude qu'elle engendrait. Mon abandon de tout, cet état, m'épuisait. Une angoisse me cernait, m'attaquait à toute heure du jour. La nuit, il fallait monter la garde contre elle à n'importe quel prix. Je m'étiolais.

*M*a tête est un livre qui gonfle à force de le relire. Y mettre un ordre, est-ce possible ?

Je tourne dans ma chambre, je cherche... une rancune, une colère, n'importe quoi, du mouvement..., une raison de sortir.

Je me hasarde et j'ouvre la grande armoire. Geste jamais accompli lors de mes multiples retours de l'hôpital. Retours, pauses, arrêts trop brefs, départs, sans bagages.

J'ouvre grand les portes de ma garde-robe. Toutes ces choses en suspens, ces vêtements enflés de vide, se creusent aux mauvais endroits, ils m'interrogent.

La vieille jupe, dénigrée par Marie notre habilleuse, rangée avec soin, me fait sourire.

Six mois après la fin de « La Jeune Parque », Henriette m'appela.

Elle arriva chez moi quelques jours après son coup de fil. Si elle me trouva changée, elle n'en dit rien.

J'aurais pu lui parler de moi, de mon corps fatigué, de mon esprit las, de ma rupture avec Didier, du manque d'amour...

Elle prétendit me trouver plutôt bonne mine, pleine d'énergie, prête à me remettre au travail. Somme toute, j'avais peut-être bonne allure. D'autant que je venais de me soigner dans la perspective de sa visite, gymnastique, maquillage. Une bouffée d'air pour un instant puis une autre pour renforcer la première, etc. Je savais faire ces choses. Je le fis pour elle. Elle était là devant moi. Je la trouvais plus jeune encore, si rayonnante, je me gardai de l'interrompre.

Elle m'avait tout de suite prévenue :

— Je viens seulement pour une petite reconnaissance, je ne reste qu'une minute. J'ai les pensées en ébullition. Ce sera à toi de m'appeler quand tu te sentiras prête à t'embarquer. J'ai tellement envie de te confier mes idées..., de t'associer... A toi de voir.

Je lui souris et ne ponctuai ses élans que par de courtes onomatopées. Je n'avais rien à dire et ne posai aucune question. Je m'appliquai seulement à cacher mon engourdissement. Je crois qu'elle me donna des quantités d'explications. Je sais que je savourais sa présence.

— Te voilà reposée Mona, me dit-elle, nous étions tous crevés à la fin de la pièce, ça va maintenant. Tu sais, j'attends beaucoup de toi.

Henriette partie, j'avais essayé de faire le point.

Elle voulait me trouver en bonne condition. Je pris le parti d'y croire moi aussi. Je décidai de ne plus m'appesantir sur ma peine, c'était le seul remède. Je me dopai aussi et m'en remis aux prochains jours. Quel labeur de se refaire une santé chaque matin. Je me purgeais d'abord des dernières traces de la nuit, de l'engluement des somnifères. Je me lavais l'esprit comme je me lavais le corps.

Il arriva que Didier revînt une heure, un jour, par ci par là. Il prenait de mes nouvelles après avoir rempli d'autres valises. Je me rappelle mes longs silences tandis qu'il me félicitait pour ma sérénité et ma mine. Décidément je donnais bien le change. Il repartait léger. Moi je sombrais. Je n'étais pas si solide. J'aurais pu me saouler. J'avais d'autres attelles pour mes brisures. J'inventais des compositions, je me fabriquais des dérivatifs.

Par exemple, je prenais le téléphone. J'appelais n'importe quel magasin pour entendre une voix, je demandais un produit, un catalogue que j'avais choisi au hasard. Je faisais répéter le prix, la référence, je remerciais. J'attendais quelques minutes puis je recommençais avec quelqu'un d'autre. Je me collais au combiné pour ne rien perdre de la respiration de mon interlocuteur. Je changeais bêtement ma voix. Je passais des commandes inutiles...

Je me pris à enregistrer plusieurs fois la formule message de répondeur. J'en composais des séries, les entassais. Je me les repassais. J'écoutais cette voix, ce n'était pas la mienne, elle était filtrée par l'appareil. C'était moi, ce n'était pas moi.

Et tous ces maquillages que j'avais essayés, ces meubles que j'avais déplacés et ces affreuses recettes que j'avais composées. Je mangeais, je dévorais, je ne prenais pas un gramme. J'en perdais.

J'allais voir ma mère tous les soirs. Mon Dieu, dans quel état cela me mettait ! Je revenais de là, anéantie.

Malgré mes somnifères l'ombre de Louise me retenait au bord du sommeil puis me visitait en cauchemars. Je la chassais, je m'insultais. J'en parlais à mon père pour avoir un implicite pardon. Nous allions au restaurant tous les deux. Nous réussissions à nous divertir. Je retrouvais son esprit vif.

— Vif ? Tu trouves ma fille ? Ah ! Il faut bien. C'est que j'ai affaire à forte partie maintenant : moi. Je n'ai plus que moi en face de moi. Je m'encourage ou je m'insulte.

— Tu te parles ?

— Oui, pas toi ? Tu es trop jeune.

— Papa, il n'y a que toi pour me trouver « trop jeune ».

— Je ne suis pas le seul admirateur, je peux te l'assurer ma fille, parce que j'ai surpris des regards au restaurant.

— Ah bon !

Je changeai le cours de la conversation.

— Tu sais, je travaille à un projet plus ou moins écologique, un montage, un spectacle pour une amie.

Mon père avait paru s'en réjouir.

— Si je peux t'aider..., avait-il hasardé.

Ce n'était pas parole vaine, mon père pouvait m'être utile. Pourquoi ne pas lui rendre ce service ?

— Je ne sais pas là, tout de suite, ce que j'aurai à faire mais je retiens ta proposition, papa.

Je ne sus plus quoi lui demander. Nous nous éloignions de plus en plus l'un de l'autre.

Je ne me sentais pas très sûre dans l'aide à apporter à Henriette et j'aurais souhaité l'appui de Clémence. J'avais entrevu ce qu'Henriette me demandait. J'avais peur de la décevoir.

J'avais fait rapidement, en pensée, le tour de mes amis, des portes auxquelles j'aurais pu frapper. Je n'avais trouvé personne à solliciter. Dans le travail je m'étais isolée, je m'engageais seule généralement. Au théâtre je n'avais pas gardé de relations. Et puis c'était encore si vague ce qu'Henriette voulait entreprendre là.

Appeler Clémence... pourquoi pas.

Après tout elle m'avait fait cadeau de son numéro de téléphone... Je l'avais appelée. Et, tout à trac, je l'avais invitée chez moi avec Henriette. Elle ne s'était pas étonnée, elle avait dit simplement :

— Je reçois rarement, je vais encore moins souvent en visite. Pour toi, je veux bien.

Je lui avais alors expliqué, confuse, brouillonne, ce que j'avais compris du projet d'Henriette.

— Moi je n'entre pas là dedans, Mona.

— Là dedans ? Comme tu y vas ! Tu ne peux pas répondre si vite. Moi-même, je ne sais pas trop.

— Ma seule arme c'est le texte et vous n'en avez pas.

J'en avais eu le souffle coupé. J'avais bafouillé. Mais je ne m'en étais pas tenue là. Et Clémence avait cédé à mon invitation.

Henriette avait vu d'un bon œil cette rencontre. Elle avait, comme moi, grande confiance en Clémence.

*T*iens, j'entends Madame Simon qui revient du marché. Ce n'est pas son heure habituelle. Je jette un coup d'œil à la fenêtre. Elle a de l'avance, les poubelles sont déjà sur le trottoir. Elle va sans doute en visite.

Madame Simon est une excellente concierge. Dès mon retour de l'hôpital, elle a proposé de s'occuper de mes repas. Gageons qu'elle rapporte du poisson. Elle ne jure que par les bienfaits du poisson.

Me voilà encore la proie d'un mot. Poisson.

Un, deux..., deux poissons, cinq pain : un évangile ! Trois poissons !

J'avais cuisiné trois poissons quand j'avais invité Clémence et Henriette.

Trois, quelle idée !

J'avais soigné ce dîner. Bons plats, bons vins. Ce fut pourtant plus difficile que je ne l'avais envisagé. Avec Didier, j'avais perdu l'habitude de recevoir. Mais cette fois je voulais que tout soit parfait. Etre à la hauteur. Je voulais me tenir au débat, je voulais me tenir aux fourneaux, être partout.

Henriette avait exposé notre projet.

Clémence l'avait tout de suite contesté.

Elle continuait à déplorer l'absence de texte. Que voulait-elle dire ? Qu'est-ce que cela pouvait bien faire ? Je l'avais trouvée obstinée. Pense-t-elle que les idées sont plus fortes, véhiculées par l'écrit ? Nous, nous n'avions pas même un schéma à lui montrer. Je m'empêtrais dans de vains mots.

— Bien sûr c'est léger comme plan. Ce n'est pas encore au point. Mais une fois en route...

J'étais soucieuse en vérité. On n'y arriverait jamais.

Clémence continuait à parler de la force du texte et du théâtre. Elle allait jusqu'à monter aux origines.

— C'est le théâtre qui, au début, a favorisé la lecture, la lecture silencieuse. L'histoire du texte..., dans l'espace, dans le temps.

Henriette l'écoutait, sidérée. Moi je me moquais momentanément du lecteur d'aujourd'hui comme du lecteur antique.

J'essuyais mes doigts gras entre cuisine et salon. Voilà qu'elles en arrivaient au papyrus. Je les laissais faire. Henriette y allait de ses questions.

— L'écrit n'était donc là que pour véhiculer l'oral ?

— L'écrit, l'oral ! Au théâtre le spectateur est à l'écoute d'une écriture.

Je les bousculai et ouvris le passage à mon poisson. Clémence m'ignora. Elle parlait à Henriette.

— Peu importe le texte, cependant mets en mots. Et puis je ne sais pas moi, vous serez bien obligées de sonoriser. La voix, le son, la musique... Moi j'ai toujours besoin de lecture à haute voix. Pour « La Jeune Parque », par exemple, j'ai lu et relu.

Elle m'énervait.

Ni l'une ni l'autre ne se resservait. J'avais fait trois poissons. Elles étaient toutes deux friandes de ce plat. Mais pourquoi étais-je allée jusqu'à trois, trois grosses bestioles ? C'était pour l'élégance, trois ! Rien qu'à cuisiner ces sales bêtes, j'en avais le cœur retourné. Je regardais méchamment tout ce qui restait.

Je n'aurais dû faire que deux poissons, deux poissons. « Deux poissons, cinq pains ». C'était bien cet évangile, le sermon de l'autre dimanche. J'étais allée à la cathédrale, j'avais des comptes à régler avec Dieu et quelque chose à marchander. J'avais réglé d'avance pour être sûre de l'exécution. Trois cierges ! Ma supplique à aimer, à être aimée encore. En toute occasion, j'avais mes prières pour cela, comme dans l'enfance.

Deux poissons, cinq pains et ils se multiplient...

Soudain Henriette avait élevé le ton.

— Oui, oui, si tu veux Clémence. Oui, le discours, les écrits, l'histoire... mais selon le support, la pensée s'adapte. N'importe quel support, le papier ou l'écran, la voix, le livre. Quand l'écrit a pris la place de l'oral il y a eu à voir. Il y eut l'image dans l'imprimé, les noirs, les blancs, les alinéas, les paragraphes. L'ordre de la pensée est devenu visible. Moi je veux rendre la pensée visible. Peut-être que je me passerai, le plus possible, de texte écrit. Ce que je veux, moi, c'est du visible à tous.

Elle s'était tournée vers moi me prenant à témoin.

— En tout cas sois précise, dit alors Clémence. Fais attention à tous les signes et les codes que tu placeras dans l'image. Ensuite cela ne t'appartiendra plus.

— C'est ça, à la Godard. En voilà des leçons. Que veux-tu encore ?

Je leur avais apporté le dessert, un énorme gâteau au chocolat qu'elles ne virent pas. Henriette poursuivait pour Clémence.

— Mes machines auront un monologue interne, elles communiqueront avec le spectateur.

— Tes machines ? dis-je, prise de court.

— Les tiennes, Mona.

Je n'avais pas encore compris qu'il s'agissait de machines. Venait-elle de l'inventer à l'instant ? Elle me demanderait sûrement d'emballer des détritus, de les actionner, de leur donner de l'esprit. Je ne croyais pas si bien penser, j'en fis pour elle, des machines. Des engrenages qui se lubrifiaient en tournant, des câbles hérissés de gouttes de poison en baudruche, un aquarium aux cadavres, manèges, robots...

La voix d'Henriette me sembla, tout à coup, une voix de synthèse. Je saisissais au vol :

« Langage interne, multimédia, déplacement du spectateur, déambulatoire, réflexion, image, action ».

Chacune y allait de son époque. Clémence était remontée à la tragédie grecque.

Beaucoup de paroles avaient dû m'échapper car, subitement, elles décidèrent de partir.

— Attendez le café voyons. Vous n'allez pas filer sans mon café !

Elles ne m'avaient pas laissé placer un mot ou je n'en avais pas eu envie. Je ne sais plus. Sans plus d'entrain, j'étais allée chercher le café.

Debout déjà, elles me tournaient le dos, leur conversation allait de plus belle.

— Moi aussi, je vis avec mon temps, j'ai mon ordinateur, disait encore Clémence, railleuse.

Henriette continuait dans sa lancée :

— La génération de « l'écrit électrique » est généreuse : « Si tu sais, partage, si tu ne sais pas, demande ». Rigolez si vous voulez, je suis pour l'informatique. Vous placez des icônes et naviguez entre elles, passez d'un texte à l'autre… Alors le texte… Et si vous aviez cru que j'étais contre, contre…

— Le progrès ?

— Oui, oh… en tout cas je continue à me révolter. Je me bats contre des actes pervers, destructeurs. La technologie, je ne la remets pas en cause…

Brusquement, Clémence nous salua.

— En somme, tu nous lâches, lui dit Henriette.

— Tu n'es pas juste. Vous m'avez demandé de vous écouter. Je serai toujours d'accord pour le faire. Vous m'appellerez si vous avez besoin de moi. Réellement ! Je serai moins vive. Alors si on me supporte..., si je peux paraître utile... J'aime tes idées, Henriette, j'aime tes fleurs de plomb, mais nous ne travaillons pas de la même façon. Je l'ai déjà constaté quand nous jouions.

Elle s'arrêta, puis :

— C'était une grande rencontre de théâtre, « La Jeune Parque ».

Henriette l'embrassa puis, dans une révérence prit son élan, se drapa d'une écharpe qui traînait là. Elle fut, en un instant, la provocante Lechy Elbernon de « L'échange ».

— « Le théâtre. Vous ne savez pas ce que c'est ?

Il y a la scène et la salle ! »

Elle nous poussa à nous asseoir. Nous cédâmes à son texte qu'elle disait superbement.

— « Tout étant clos, les gens viennent là le soir et ils sont assis par rangées les uns derrière les autres, regardant. Regardant. »

Elle grimpa sur la table.

— « Attention ! Attention ! Il va arriver quelque chose !

Quelque chose de pas vrai comme si c'était vrai ! »

Enfin Clémence donna la réplique :

— « Mais puisque ce n'est pas vrai ! »

Henriette avait gagné, elle fit une pirouette, « Le vrai ! Le vrai... », elle fit le poirier comme elle seule savait le faire.

— « Le vrai, tout le monde sent bien que c'est un rideau ! Tout le monde sent bien qu'il y a quelque chose derrière. »

Une réplique, une autre, et encore... elle ne s'arrêtait plus, elle nous avait entraînées. Je ne sentais plus de fatigue. J'aurais pu, maintenant, passer la nuit à jouer nos souvenirs.

Clémence s'en alla la première. Après m'avoir remerciée, elle s'adressa tout particulièrement à Henriette :

— Mes « Fleurs de plomb », celles que tu m'as données pendant « La Jeune Parque », eh bien je les soigne. Je suis pour les « Fleurs de Plomb », n'en doute pas. Je penserai à vous deux.

Tournée vers moi, elle m'avait défiée :

— Tu pourrais écrire toi !

— Moi ?

— Pourquoi pas !

— Oui, pourquoi pas, Mona ? avait entonné Henriette.

— Je me demande ce que j'aurais à écrire.

— Les fleurs par exemple, je ne sais pas moi, celles que tu as dans la tête, celles que nous avons, celles qui pèsent, celles qui germent, celles qui fanent..., avait chanté Clémence.

— En voilà un programme !

— Nous en reparlerons un jour, crois-moi, Mona. Un jour tu me promettras d'écrire.

Je m'étais retrouvée seule avec Henriette.

— Nous avons beaucoup à faire si j'ai bien compris ?

— Du pain sur la planche, m'avait-elle répondu. Attends-moi de pied ferme !

Elle était partie ainsi, sans me donner de date.

Il faut que je dorme. Pourquoi me repasser comme un film cette soirée avec Clémence et Henriette que je ne parviens pas à resituer dans mon calendrier ? Pourquoi tout cela resurgit-il ainsi, notre entreprise, notre œuvre ? A quoi bon ?

Et Clémence, avec sa bizarre idée que j'écrive. A quoi pensait-elle ? Nous, les parques, les fleurs, notre histoire... ? Pas d'histoire à raconter, seulement des moments inoubliables et notre rencontre au milieu de ma vie troublée. Henriette, Clémence et moi, rien qu'une période, à la fois encore proche et déjà lointaine.

Et puis comment écrire, comment changer sa vie, renaître ? Je ne saurais monter, organiser une réalité dérisoire, construire.

Il faut seulement que je dorme. J'ai si peu dormi à l'hôpital.

Ici, fatiguée, indécise, je pense à perte de vue. Pas encore à l'avenir. Juste à ce qui a précédé mon opération, ce grand bouleversement dans mon corps. Je revois les choses plus que je ne les contiens. Je ne les contrôle pas ou si peu. Ma mémoire effilochée a ses fantaisies. Elle ne dose pas. Elle choisit, indépendante, selon son ordre qui ne me plait guère. Didier, mon père, Louise, Clémence, Henriette, Jean-Marc surgissent parfois pêle-mêle.

Je crois que je m'empare d'eux, c'est eux qui s'emparent de moi.

Mais qu'y a-t-il à raconter, à écrire ? Pas de quoi en faire un roman, comme on dit, juste un morceau de vie que plus tard, peut-être, j'évoquerai. Non, vraiment rien à raconter. Ne pas accepter de vieillir, ne pas accepter de se dégrader, vouloir l'amour, encore l'amour, cela peut-il se mettre en pages ?

Clémence doit renoncer à son idée de me faire écrire.

Je ressasse et monologue. Il serait temps de se fixer. A mon âge, on arrête de bouger. Fini l'errance. Mais je manque d'air entre mes murs. Aller à la campagne, retrouver des forces, m'entourer de jolies fleurs ! Les résédas, au bord de ma fenêtre, n'ont pas de couleur. Ce sont les derniers, ceux que Jean-Marc m'a envoyés à l'hôpital, ils souffrent trop de l'air confiné. Et pourtant j'y suis attachée plus que je ne l'aurais cru.

Ces résédas, arrivés après mon opération, m'avaient malgré moi reliée au courant de la vie. Je n'avais pas compris pourquoi Jean-Marc me les avait envoyés. Il n'y avait aucune explication à ce qu'ils aient surgi dans cette chambre. Après tout, ses fleurs étaient cycliques. J'étais bien en peine d'en définir le cycle, ce n'était pas le mien. Et puis Jean-Marc avait eu de curieux agissements avec les résédas. Je ne sais pas comment il avait été tenu au courant de mon travail au théâtre. Il ne m'avait jamais oubliée en tournée avec ses fleurs. Du cycle de Jean-Marc, de ce qui déterminait le retour du pot de résédas, de ses pensées pour moi, j'ignorais tout.

J'avais été mariée à cet homme. Quinze ans ? Plus de dix ans en tout cas. Nous ne nous étions plus revus. Lui, peut-être, avait assisté à mes pièces. Et j'ai l'impression de l'y avoir aperçu. Mais plus aucune parole de l'un à l'autre. Cependant les résédas ! Je les avais gardés, à chaque envoi, jusqu'au bout de leurs fleurs. Il aurait pu m'envoyer quelque chose de plus baroque comme les fleurs qu'il peignait à ses débuts, celles que j'avais continué à aimer. Je m'en achetais encore.

— Des fleurs comme toi, disait-il, en boucles et en parfum, fleurs tordues des serres...

J'avais été si souvent son modèle, il sculptait, il disait :

— « Bas relief, ma femme, ronde-bosse, tes volumes et tes couleurs... »

Nous passions la plus grande partie de notre temps dans l'atelier. Il me remerciait de ce qu'il réussissait à faire.

— « Ma collaboratrice, ton mouvement, tes poses... », me disait-il amoureusement.

Mais son travail me profitait aussi, il me maintenait dans un élan, me propulsait.

— « Ma femme est une spirale. »

C'était son plus beau compliment.

J'avais perdu cet homme. Aurais-je pu le garder ?

Bas relief et ronde-bosse..., c'est loin ce temps, couleurs et formes, j'ai tout perdu. Puisque les résédas m'attristent tant, je me tourne vers les fleurs de plomb d'Henriette, elles me racontent de meilleurs moments.

Quelques jours après son défi, « attends-moi de pied ferme », après notre repas avec Clémence, Henriette était revenue. Elle avait apporté un plan et des horaires de travail. Je ne l'aurais jamais crue si bien organisée. Je n'avais fait aucune objection à ses arrangements, ils m'avaient semblé bien pensés.

Elle voulait dénoncer les calamités du monde moderne, faire une rétrospective de certaines des dernières plaies. Le projet était de monter une exposition. C'était ambitieux. J'étais chargée de la mise en scène et de la construction du décor.

Cela faisait un bon moment qu'Henriette y réfléchissait. Elle avait déjà commencé à m'énumérer des accidents mortels. Elle m'avait étalé des catastrophes dont je connaissais à peine les grandes lignes mais je comprenais mieux ses intentions.

— Les hommes inventent d'abord et ne se soucient des conséquences qu'ensuite, m'avait-elle dit. Te rends-tu compte que l'homme n'incline pas au bien, que pour être bon il faut se forcer.

— Et bon par nature, non, ça n'existe pas ?

— Non.

J'avais pointé un doigt de maître :

— Donc on peut être bon et juste quand on le décide, c'est difficile spontanément.

— Allons... je t'accorde que l'on peut être bon par accident.

Mes roueries me revenaient en mémoire.

— Moi, j'irai plus loin, je crois qu'on invente mieux dans le mal.

Elle m'avait regardée avec une grimace de surprise.

— Ah, ah ! Alors ce n'est pas Dieu qui a créé le monde. Allons-y pour le mal ! Moi je veux punir ! avait-elle crié. Mon spectacle sera aussi une punition. Il y en a à qui je voudrais damer le pion.

— Vengeresse ! C'est toujours suspect de vouloir régler des comptes.

— Je le ferai.

Je me méfiais encore de ses emballements. Parfois j'avais peur de ses initiatives. J'exprimais mes doutes. Elle ne voulait rien entendre, elle disait que je risquais de lui faire perdre du temps. Il fallait aller vite à présent.

Alors, incertaine et craintive je m'étais adressée à mon dieu habituel, celui que je prenais à témoin dans les coups durs. Je le prévenais pour pouvoir lui tomber dessus en cas d'échec. Je ne m'en prenais pas encore à Henriette, mais sa précipitation me causait du souci. Je ne savais pas comment la freiner. J'aurais pu dire, comme Clémence, qu'il lui manquait le texte. Des mots qui se seraient transformés en cours de route en signes, en images, en sons, en gestes... ou de la musique.

J'avais, néanmoins, commencé quelques croquis, cela me plaisait. J'étais le plus souvent sur ma planche à dessin. Henriette reprenait, rectifiait des plans, classait de nombreux documents. Celle qui m'avait semblé vouloir se passer d'écrit, rédigeait des pages et des pages finalement. Elle tapait de longues notes sur son ordinateur, des inventaires d'accidents, des pensées philosophiques.

Je la sentais qui me surveillait parfois.

— Alors Mona tu rêves ?

Elle se faisait légère, elle plaisantait mais elle craignait tout de même que j'abandonne. Elle savait que malgré ses idées novatrices, la finition artistique reposait sur moi. Je crois qu'elle n'a jamais refusé aucune de mes propositions. Je pouvais la solliciter n'importe quand. En plus de sa vivacité, de son intelligence, elle possédait une force physique étonnante.

Infatigable, toujours présente, elle m'apostrophait :

— Je crois que toi, tu es à nouveau dans tes propres querelles.

Oui, j'étais au ras du sol et elle dans les grandes énigmes. Il m'arrivait de perdre la mesure de notre action.

— A quoi nous confrontons-nous ? C'est prétentieux ton entreprise, ronchonnai-je.

— Je suis dans le monde, moi, je n'ai pas la prétention de vivre dans l'extase. Ce n'est pas à ma portée.

— Ah ! Je vis dans l'extase moi !

— Ce n'est pas ce que je voulais dire, je n'aurais pas travaillé avec toi dans ce cas. J'ai besoin de toi.

Le silence ne revenait que pour un moment. Nous travaillions dans la même pièce et cette proximité laissait passer n'importe quelle question. Une fois, sans précaution, je lui avais lancé :

— Tu ne veux pas avoir d'enfant ?

— Pas obligé. Les anges n'en ont pas non plus...

Elle m'avait dit que moi même je ne m'étais pas étendue jusqu'à l'enfantement, alors que c'était à la portée de tout le monde.

J'aurais aimé avoir des enfants. Je ne le lui dis pas, j'enchaînai :

— Si tu es contre le fait d'avoir des enfants, je me demande pourquoi tu te bats tellement pour la planète. Tu comptes sur d'autres prolifiques hein !

— Cela doit être jouissif, non, de se prolonger dans des rejetons ? Mona, toi, tu aimes trop le genre humain.

Le genre humain ? Peut-être n'aimait-elle que la planète, elle ! Et peut-être l'imaginait-elle très bien sans l'espèce humaine. La planète... avec seulement les saisons, la lumière et la nuit, le jour. Moi, je n'aurais pas pu voir tout ce relief et l'eau et le parfum des fleurs, sans les hommes.

Le téléphone avait sonné, je m'étais empêtrée dans mes feuilles.

— « Si j'arrive à décrocher avant le troisième coup, j'aurai une bonne nouvelle. »

A toutes les croyances, finalement, je préférais la superstition. Elle avait raison, Henriette, j'étais toujours en train d'interroger des oracles. Je ne réussis pas à décrocher le téléphone assez vite.

Je commençais à voir Henriette inquiète, parfois, je n'aimais pas. Elle m'avait avoué, subitement, que dans cette destruction qu'elle combattait, elle se perdait tout de même un peu. Mais ce n'était plus le moment de flancher. J'avais besoin de ses élans. Et quelle grâce elle avait dans son remue-ménage, c'était bon de l'assister. Je ne pouvais pas m'empêcher de la titiller.

— Dis, ton écologie, ce n'est pas une foi, un culte ?

— Non.

— Si, quand même.

— Je... on se doit... de dénoncer le négatif, le pervers des choses.

Je ne menais pas loin ces discussions, elles m'angoissaient. Je ne me plaisais que dans mes tâches et parfois je me perdais dans des questions, les miennes. J'avais aussi de curieuses sensations et, machinalement, je tâtais mon corps. Je ne souffrais de rien particulièrement mais quelque chose m'entravait. Je pensais que c'étaient mes os maintenant qui barraient mes mouvements.

Jusque là, je n'avais eu de mal qu'avec ma peau, j'avais pensé qu'il n'y avait qu'elle qui s'abîmait avec les ans. Les os, c'était du solide, il n'y avait qu'à voir ces jolis squelettes, comme ils tenaient debout dans les musées, les vieux dinosaures. J'aimais appuyer sur mes pommettes. Du durable les pommettes, comme le front, comme l'arête du nez d'ailleurs. Il me semblait aussi que les os n'avaient pas de désir. Cet empoisonnant désir qui obsède, s'annule dans le squelette. Dans les os sont les zones de silence. Eh non, voilà qu'ils grinçaient et rouillaient aux pliures. Je faisais la sourde oreille à ces cliquetis du squelette, je pouvais m'en moquer...

Je m'exerçais à me délester de la peur, cette anxiété, ma vieille compagne, anxiété à vouloir tout contrôler en moi, hors de moi, à ne vouloir perdre aucune miette d'information, toujours frustrée, toujours tendue, jamais patiente, jamais ivre de bonheur, trop préoccupée à le retenir. Peur d'être, peur de vivre, peur de ne plus être, de ne plus vivre. Et passer son temps dans le noir, dans un repli de soi, et ne pas se voir, ne pas sortir de la carcasse pour la jauger. Il fallait apprendre à mettre des fragments dans la lumière, comme Valéry.

Comme Jean-Marc. C'est vrai, mon mari d'autrefois m'avait initiée au travail de la lumière. Il savait voir, lui, son corps sans chair, et les autres aussi. Il se forgeait dans cette poésie, dans cet imaginaire. Il avait, de plus, une telle connaissance de l'anatomie qu'il ne pouvait s'empêcher d'enfoncer le pinceau dans les viscères. Il cherchait les couleurs internes. Il avait fini par voir les passants en écorchés. Je me demandais comment il me voyait moi-même. Il faisait de moi des nus sans complaisance. J'en garde un en mémoire, un squelette !

Il m'expliquait sa vision des choses et paraissait la démentir et s'en moquer par des pirouettes.

« Ma passion pour les squelettes, Mona ? C'est une clairvoyance, une vision d'avenir. »

L'avenir, s'il voulait, à sa guise. Je commençais à préférer le passé. Oui, déjà là près de lui, je commençais...

— Qu'est-ce que tu fais ?

Henriette m'interpellait souvent de cette façon, d'une autre pièce qu'elle occupait depuis peu.

— J'apprends à être sans désir.

— Chapeau ! Si tu réussis, ne serait ce qu'à l'imaginer, c'est l'exploit.

Aussitôt elle arrivait, barbouillée de peinture. Elle s'essayait à l'acrylique. J'étais son professeur.

— Ne viens pas ici, tu fais des taches sur la moquette. Reste là-bas.

— Je ne venais que pour voir ta tête.

— Tu ne verras que du désir en suspens.

— Tu fais trop sage avec ton suspens, on va aller danser ce soir, Mona. Danser !

Je récriminai, ce n'était pas sérieux, on avait du travail. Je n'avais plus l'âge de fréquenter des boîtes.

— Cesse avec ton âge, Mona, moi aussi j'ai le mien.

Puis elle m'avait expliqué, avec le plus grand sérieux, comment nos plans mûriraient durant la nuit. Nous les verrions d'un autre œil après la fête. J'avais cédé. Nous nous étions offert un repas de reine, sans poisson, arrosé de vin rouge et nous avions dansé.

Ces escapades eurent lieu plusieurs fois. Je redevenais coquette, travaillais mon maquillage pour les spots pourpres. J'exhibais ma taille de guêpe et mes longues jambes, mon joli squelette de poupée Barbie. J'étais fière de mon aspect dans ces boîtes obscures. Debout, attentive à être verticale, la vieille jeune fille masquée faisait encore de l'ombre aux gamines. Je me berçais dans ce rêve le temps d'une soirée et, le matin, j'en avais honte. Mon miroir me criait la vérité. J'évitais de l'affronter aux premières heures. Je me cachais à moi-même, j'avais encore besoin d'illusion. Je déployais une énergie spectaculaire, reconnue par Henriette.

Peu à peu il n'y eut plus de danse, ce fut un train d'enfer : travail, travail, lever tôt, coucher tard. Il n'y eut plus de sortie que pour ramener du matériel. Nous allions en forêt car j'avais besoin de bois. Je faisais des essais de sculpture et me servais de tronc, de branches. J'étais avide de tout exploiter. Je marchais longtemps sur les chemins en quête de pièces à tailler. Henriette était parfois sceptique mais elle transportait mes trouvailles. Un matin elle s'arrêta net sur le sentier et rejeta une de ces pièces dont je l'avais chargée :

— On ne ramènera pas ce tronc pourri, il est bourré de cloportes.

J'eus une nausée dont je ne pus me débarrasser de toute la journée. Je revoyais partout les cloportes, je les sentais, ils rampaient dans mes pliures.

— Tu n'es pas bien ? me dit-elle le soir.

— Ce sont les cloportes.

— Tu ne vas pas en faire une maladie. On n'a pas ramené ces bestioles à la maison. Alors arrête avec ça !

— Je ne m'en défais pas, ça grouille, même si ce n'est que dans ma tête.

— Si ça grouille c'est la vie.

Henriette se détourna, excédée. Puis elle revint vers moi, riant.

— Le monstre se montre. Accueille-le. L'animalité, son énigme, accueille, accueille.

Elle s'y connaissait en monstre, elle ? Elle partit. Je restai avec mes bestioles.

Ces petites bêtes, dans le tronc pourri, n'avaient rien d'effrayant tout de même. Mais le mot, « Cloportes ». Ce mot-là me répugnait. Si elle n'avait pas dit le mot, j'aurais retourné la branche, je l'aurais nettoyée, cette branche me convenait tout à fait. Henriette n'aurait pas dû.

Quand elle rentra je le lui dis.

— Encore ça ! cria-t-elle, tu n'as pas passé tout ton temps là-dessus ?

— Si, parce qu'un mot peut me rendre malade. Tu n'as jamais éprouvé de panique pour un mot ? Seulement pour un mot, je te demande. Pas ce qu'il recouvre de réel mais ce que... je ne sais pas... ce que la consonance provoque en soi.

— Rien qu'un mot ?

Je fis signe que oui, même si je n'étais plus sûre de rien.

— Oui, la poésie, dit-elle.

Elle me dévisagea, soupçonneuse, puis se leva dans un de ses élans.

— Alors si tu veux d'autres mots, écoute :

« Je reconnais en moi mes énigmes, mes dieux,

    Mes pas interrompus de paroles aux cieux ;

    Mes pauses, sur le pied portant la rêverie... »

Je lui souris.

— Eh bien voilà, ma « Jeune Parque » t'apaise, dit-elle.

— Oui, c'est bien. Est-ce que tu comprends vraiment ce que je voulais dire, ce que tu viens de dire ?

— Non, je ne comprends pas toujours. Moi je n'ai pas besoin d'explication, j'ai besoin d'avoir confiance.

Avoir confiance, c'était bien Henriette ! J'étais contente de sa présence.

— Et toi, tu n'as jamais voulu d'enfant ? m'avait-elle demandé à son tour. Cette question !

J'essaie de me rappeler. Qu'est-ce qui me prend avec tous ces visages d'enfants ? Je ne les reconnais pas. Je n'en connais pas. Pas de souvenir de gosses. Pas un nom. Je n'ai jamais regardé les enfants, trop malheureuse de ne pas en avoir. Qu'aurais-je fait d'un enfant ? Je l'aurais trop aimé, mal aimé. Je n'aurais pas su.

Pourtant tous ces enfants qui rient ?

Des enfants qui rient... c'était avec Henriette...

Nous avions visité un vieux terrain d'usine. Nous en avions déjà visité de ces lieux. Celui-là lui avait été recommandé par quelqu'un de son association.

Nous nous y étions rendues en fin d'après midi. Les ombres des ruines accentuaient le relief. Cette usine désaffectée m'inspira plus tard une de mes constructions pour l'exposition mais, sur le moment, elle m'avait effrayée. J'avais hésité à y pénétrer. Henriette aussi, elle n'avait pas vraiment pu me le cacher.

Des nains avaient surgi des trous, des cubes, des gouffres. Ils étaient restés à distance et nous deux, l'une contre l'autre, plantées dans le sol. Puis Henriette m'avait poussée, s'esclaffant :

— Des gosses ! Ce sont des gosses.

En effet. Ils s'étaient approchés et tout de suite étaient venues des questions.

« Vous voulez quoi madame ? Vous êtes de la police ? Vous allez faire des photos ? »

C'était juste, nous étions là pour faire des photos, pour un projet.

— Un projet pour quoi madame ? A quoi ça sert un projet ?

— Un projet, c'est une idée, un désir qu'on a et qu'on aimerait réaliser. C'est pour cette ruine, pour... pour quelque chose de bien, d'utile, avais-je répondu.

— Un terrain de foot ?

Après cet interrogatoire, les enfants nous avaient accompagnées, nous avaient guidées même. Je n'étais pas plus rassurée, j'étais sûre de me blesser dans les ferrailles et les effondrements.

Certains enfants avaient voulu poser, j'avais pris des photos. Un début de reportage. Henriette était ravie.

— Nous reviendrons demain, ce sera fulgurant. Tu prendras la caméra Mona.

Nous avions recommencé le lendemain. Il y avait matière à filmer, de l'inattendu, une vraie fabrique de pollution.

Les enfants m'avaient attendue, moi tout particulièrement, j'étais la photographe.

— J'ai amené ma sœur madame, on ne l'a jamais photographiée. Il faut nous prendre aussi dans la grande salle. Venez madame.

La grande salle. Elle m'avait réservé d'autres surprises celle-là. Elle était aménagée. J'y avais trouvé une population. C'était une surface de cent cinquante mètres carrés au moins et tout y était conçu pour manger, dormir, simuler des actes de vie. Quelques cadres de télévision sans écran meublaient des angles, à des poutrelles rouillées pendaient aussi bien des guirlandes dorées d'anciens Noëls que des chiffes grasses. Un vieil ordinateur trônait, bordé d'une barrière de journaux. Je n'avais pas pu compter les lits, planches ou matelas entassés, mais une vingtaine de gosses de dix à quatorze ans s'allongeaient là dessus, se déplaçaient pour des rites qui m'étaient étrangers. Je ne connaissais pas le monde de l'enfance et celui-là avait de plus un aspect déroutant, dérangeant.

A peine méfiants, ils se glorifiaient de leur installation.

— On a tout ce qu'il faut, Madame.

Ma caméra les avait intéressés.

— Vous me filmez là sur le lit avec ma copine. Je peux même vous racheter votre film.

Un code d'honneur devait régir l'ensemble. L'un d'eux avait pris une gifle pour m'avoir traitée de..., je n'avais pas bien compris. M'avait-il insultée ?

Henriette avait surgi au milieu de la scène. Elle était de retour de son inspection.

— Allez viens, avait-elle crié, moins impressionnée que moi par cette concentration d'un autre monde. Viens voir ce que j'ai trouvé.

J'avais hésité à rompre le cercle qui m'entourait, puis, inquiète, j'avais regardé Henriette. Je l'avais interrogée d'un geste.

— Sympa ici, avait-elle fait simplement. Ils ont trouvé un bon coin pour s'amuser.

Elle s'était approchée des épaves.

— Vous avez dû piquer des tas de trucs. C'est la caverne d'Ali Baba chez vous.

— C'est à nous madame. Vous êtes pas de la police ?

— Non, moi je ne parlerai pas de votre installation. Mais personne n'y vient ? Je veux dire des adultes.

— Si, ceux qui piquent le cuivre.

Henriette s'était tournée vers moi :

— Eh bien, on n'est pas au bout de nos découvertes. Je n'ai jamais vu autant de trucs illicites qu'ici. Viens, je vais te faire voir autre chose.

Elle me conduisit vers un ancien hall d'usine à peu près vide. On avait dû, ensuite, y stocker du blé. Puis, le marchand de blé avait abandonné l'endroit. Il restait des silos à céréales. Ils étaient encore tout neufs. Ils avaient été mis en place selon les exigences du règlement, des lois, mais par paresse on ne s'en était pas servi. On se contentait de poser le blé à même le sol. Les silos n'étaient qu'alibi. Il restait encore, par ci, par là, des petits tas de grains qu'on n'avait pas balayés. Mais ce qui sautait aux yeux, c'était cette effrayante quantité de fûts d'insecticide.

— Une honte, Mona ! Photographie-moi toutes ces cochonneries. Cet insecticide c'est ce qu'il y a de pire sur le marché, de plus dangereux. Certains fûts en sont encore pleins. Et avec tous ces mômes qui jouent là !

Moi, j'avais vu de ces fûts dans la caverne d'Ali Baba, ils servaient de consoles, de bars ou de sièges.

— Regarde tout ce blé par terre, avait hurlé Henriette hors d'elle, tu pourrais te demander pourquoi il reste là, avec les souris, les oiseaux, toute cette faune de terrain vague. Elles ne sont pas folles les bêtes, elles ! Elles n'en ont même pas mangé durant l'hiver. Mais toi, tu as mangé de ce pain-là, moi aussi... Ni vu ni connu. Tout est saturé de poison.

— C'est le moment de sortir les fleurs purificatrices. Tes fleurs de plomb. Allez « Les Fleurs de plomb », au boulot ! avais-je lancé, mi ironique, mi révulsée.

*L*es fleurs de plomb, sur mon balcon, les miennes poussent dru. Celles que j'ai sauvées de notre chantier sont plus malingres.

Quelle aventure avec Henriette ! L'ai-je vécue ? J'en douterais parfois. Mais j'ai sous les yeux des preuves, des traces, mes dossiers alignés sur les rayons. Les plans de mes machines.

Henriette m'avait demandé ces machines, ces automates. Cela avait été son idée majeure, depuis le début. Les automates devaient tourner en dérision la technique débridée, les poisons, dénoncer les crimes du progrès. Je n'avais jamais travaillé aussi vite. J'avais construit engrenages, roulements, mécanismes...

Toutes ces pièces furent amenées, au fur et à mesure, sur le lieu de notre future exposition. C'était un terrain vague assez éloigné de la ville, avec, au centre, un énorme tas de sable. C'est pour ce tas de sable que l'ensemble m'avait plu. J'y repense avec émotion. Cette forme. Pyramide, planète, une fable. Mes machines pouvaient s'inscrire là. Je les disposai sur les flans du tas de sable et, tout en bas, les fleurs de plomb. Au sommet, ma machine préférée : la fourmilière.

La fourmilière. C'était une sorte de monstrueuse caisse et tout un agencement de bonshommes minuscules. Ils se mélangeaient à des vis, à des écrous.

— Tu vois les hommes ne sont pas plus que les pièces de la machine (j'en avais mis en dedans et en dehors de la caisse). C'est une fable, oui. Nous sommes dedans et nous sommes aussi dehors, extérieurs à la machinerie..., nous sommes prisonniers mais nous avons également le regard, avais-je dit, triomphante. Nous pouvons agir sur notre monde, dedans, dehors.

Je n'avais pas le langage, l'élégance de l'argument, mais le mouvement de mon manège parlait.

— Bravo Mona, nous avons donc une chance de salut, c'est bien ce que tu montres. Qu'on ne désespère pas alors de notre action dans l'univers.

Nous avions tout transporté avec l'aide des amis d'Henriette. Evénements mémorables ! Quel entrain, quelle ambiance ! J'étais une autre. Henriette m'avait transformée. Rires, paroles, chaleur de l'entente, compliments... Moments trop courts. Je n'avais jamais vécu cela. Je rencontrais mes rêves.

— Et le plafond ? avait dit Henriette. Oui, notre ciel est trop... trop angélique. J'aurais bien voulu le polluer par des lasers ou quelque chose de ce genre.

J'aurais aimé la suivre, lui répondre beaucoup mieux.

Sur un des côtés du tas de sable, j'avais construit un mur en papier avec des blocs de vieux journaux récupérés dans une usine de reconversion, ils faisaient des moellons. Je les avais fortement collés et armés de tiges de fer plantées en terre.

Par l'empilage des journaux et magazines, le mur était devenu une fresque. Nous avions joué des pliures, de l'encre, du graphisme, puis nous avions compté sur les éléments, le passage de l'air sur la paroi pour fondre les couleurs.

J'étais allée le voir un jour de ciel noir, c'était merveilleux. Le papier blanchissait sous ce fond d'orage, ses couleurs, blafardes, noires, rouges, jaunes, striaient violemment les pans. Il allait pleuvoir, le tonnerre promettait de bonnes trombes d'eau. J'avais un peu peur des dégâts. Mais la construction résista au vent, à la pluie. Ensuite elle pleura des lambeaux de journaux, je fus émue, c'était, malgré l'étrangeté, ce que j'avais prévu. J'avais construit ce mur avec tout ce que je pouvais tirer de mieux d'une technique et de mon imagination. Il fit ce que j'en avais attendu.

Après l'orage les déchirures séchèrent et recollèrent à la verticalité. C'était mieux que ce que j'avais demandé. S'il fallait un texte, oui il faudrait, elle avait raison Clémence, c'est de ce mur qu'il naîtrait. C'est de ce corps que viendrait la mouvance. Quelle marge il offrait mon mur ! Il était une toile de mots qui en engendreraient d'autres. Ils exploseraient. L'écriture était là, Clémence, contenue, indéfectible. Alors me fondre dans ce matériau oui, mais aussi ne pas répugner à trancher, cesser de bricoler, risquer. Le mur vivait, palpitait plus que nos machines. Résisterait-il assez longtemps ?

J'en avais parlé à Henriette. Elle ne voyait aucun problème. Elle n'avait pas encore, comme moi, plus de crainte du possible que du réel. Henriette était-elle déjà sage ?

Nous allions tous les soirs arroser nos fleurs, au pied du mur. C'était bien inutile. Mais là, toutes les deux, nous trinquions à leur prospérité.

— A nos fleurs !

— Je suis heureuse grâce à toi, me dit Henriette. Je suis fauchée, mais c'est réussi comme je le souhaitais.

C'est vrai, Henriette surmontait tous les problèmes. Elle n'avait pas d'attache me semblait-il. Et elle n'était pas dépendante des biens matériels. J'étais perdue sans ma voiture, Henriette volait. Je gardais toutes mes fringues, Henriette dispersait tout. Je possédais un appartement, j'y tenais comme à la prunelle de mes yeux, j'avais quelques bijoux dont je ne me serais pas séparée pour un empire. Henriette n'avait pas l'âme propriétaire.

C'*est incroyable tout ce que cette fille m'a laissé comme souvenirs en si peu de temps. Elle a ou-blié aussi, par ci, par là, des objets que je ne veux pas enlever.*

Peut-être savions-nous l'une et l'autre que nous nous battions contre du vent.

« Agir chaque jour pour exister », c'était bien d'elle.

Cette voix d'Henriette qui sonne le courage, je l'entends encore, faiblarde, mais quand même.

Il lui en avait fallu du courage, c'est vrai, après nos déboires.

Notre exposition fut sabotée. Machines brisées, renversées, objets dispersés... accusations. Nous nous étions permis de nommer et d'exposer des produits et des marques responsables de quelques uns des accidents écologiques et humains des dernières décennies et avions ainsi dressé le pouvoir contre nous. Seules, nos fleurs de plomb, increvables, avaient résisté aux représailles.

Notre entreprise fut un échec. J'entends encore Henriette : échec ! échec !

On nous mit en demeure de débarrasser le terrain au plus vite. Ce nettoyage fut une dépense notoire, à tout point de vue. Nous commençâmes à démonter les machines sous l'œil d'observateurs méfiants, hostiles. Le mur, lui, résistait. Il fallut payer quelqu'un pour le déraciner. Tout ce conglomérat qui avait solidifié le mur dont j'étais fière, devait disparaître.

Je nous revois, assises, au pied du tas de sable, le bulldozer grondait contre le mur. Henriette était exténuée, sa voix tremblait :

— On a dérangé l'ordre des choses, Mona, en voulant dénoncer le mal, on s'est mis en plein dedans. Regarde-moi tous ces détritus autour de nous. C'est à nous tout ça. Bêtise écologique dans campagne écologique. Coup classique. La planète demande d'autres chevaliers !

Nous eûmes affaire au contrôle des décharges. Nous étions devenues suspectes. L'agence de l'eau s'en était mêlée. Du courrier m'arrive encore.

Je ramenais le plus souvent Henriette chez moi. Elle était à bout de nerfs. Elle pleurait des cascades et me parlait d'amitié.

— Une amie, tu es une amie...

Elle continuait dans ses hoquets à se demander ce qu'elle pourrait faire un jour pour moi.

— Je ne t'ai créé que des ennuis, Mona.

Elle se trompait, elle m'avait aidée à passer un terrible cap. J'avais rompu mon esclavage du cœur, je tolérais au moins ma solitude, pour la première fois de ma vie.

J'assistai Henriette.

Par la suite je la revis quelquefois encore. Un jour elle arriva chez moi, sans m'avoir prévenue, avec deux de ses copains que je connaissais bien. Ils déposèrent au milieu de mon salon une superbe commode, elle dit :

— C'est tout ce que je possède pour l'instant. C'est un héritage. Je la trimbale toujours avec moi. Elle sera mieux chez toi, à l'abri des chocs.

— Elle est magnifique, mais pourquoi viens-tu la déposer ici ?

— Elle est à toi, en attendant mieux. Je m'en vais.

Elle s'était assise au milieu de la pièce. Les déménageurs étaient partis.

— Voyons Henriette, tu ne vas pas me laisser ta commode !

— Je reviendrai. Dans un an peut-être, mais je reviendrai. J'ai l'intention d'écrire cette fois, sur le même sujet, les blessures qu'on fait à la nature. J'ai les documents, tes photos, tes films, tes reportages. Je vais exploiter tout cela.

J'étais sûre qu'elle allait écrire, qu'elle n'abandonnerait pas.

— Moi aussi, je vais m'absenter, fis-je.

J'en avais reçu confirmation, un peu avant l'arrivée d'Henriette, je devais être hospitalisée et opérée d'un cancer du sein. Je ne lui en dis rien, sinon que je partais.

— Si tu pars, fit-elle seulement, tu vas abandonner les fleurs de plomb.

— Jamais de la vie, Henriette, la concierge sait les arroser, elle l'a déjà fait. Mais toi, tu les abandonnes ?

— Jamais de la vie ! Je les emporte.

Je clamai haut et fort :

— « Des fleurs de plomb pour reconquérir les terrains pollués... »

Elle m'arrêta :

— J'aimerais mieux laisser cela pour l'instant. Je ne suis pas fière.

— Bon ! Si tu reviens dans un an comme promis, tu me retrouveras entre les fleurs de plomb et la commode, mais là j'ai les idées qui s'embrouillent. Je crois que je suis malade.

— Malade ?

— Non rien. Ce n'est rien.

J'avais hâte qu'elle s'en aille.

Je suis entre les fleurs de plomb et la commode, je navigue de mon balcon à ma chambre.

Il m'est facile de me rejouer ce dernier soir avec Henriette. La maladie, mon inertie n'en ont émoussé ni la saveur ni l'amertume.

J'avais éprouvé, je l'avoue, de l'amertume..., mais d'abord une sorte d'étouffement de toutes mes pensées et puis une hostilité envers Henriette, sa jeunesse... ce fameux soir. Oui, là, j'aurais aimé être enfin seule.

Et elle était restée. Avec toute son énergie retrouvée, elle avait tourné autour de moi, autour de la commode qu'elle venait de m'offrir. Elle ne voyait donc rien !

Je l'aurais presque plainte d'être si loin dans sa jolie santé. Non, je n'avais pas voulu lui parler de ma peur. Quelle lumière m'aurait-elle apportée ? J'avais pourtant fait quelques allusions.

— Les malades savent être lucides, ma chère Henriette, plus que les bien portants. Ils ont accès à des choses invisibles par d'autres. Tout leur parvient, effroyable, à découvert, mais juste !

Henriette avait tout simplement cru que je pensais à ma mère.

A ma mère ? Oui, j'y pensais... Mais elle, elle ne veillait plus sur sa propre souffrance. Elle avait tout dépassé. Si, je le savais, j'en étais sûre. Elle ne souffrait plus. Ah ! Elle avait dû le vivre aussi cet affût, visage contracté, regard dur, poings serrés. La chasse à la douleur. Une adversaire solide. A côté d'elle, tout le reste est flou. Des apparences ! Les passions s'abîment toutes, il n'y a de vrai que la souffrance.

Rien ne faisait bouger Henriette, elle était toujours là.

Tout à coup, je changeai la donne.

— Si nous fêtions la séparation au champagne ?

— Tu as du champagne, Mona ?

— Oui, j'ai une cave.

— Alors...un « pipe-line, mon général, qui relierait directement cette coupe à la cave. » C'est bien ce que déclame l'espionne, dans « Le Général Inconnu » ?

— Je n'irai pas corriger ma chère Henriette. Pas aujourd'hui. Je te propose plutôt du foie gras de canard. Il vient de chez ma tante.

— Amenez le foie gras ! Ta bouteille...

J'avais deux bouteilles au frais. Et je pouvais en remonter d'autres du cellier. J'en remontai.

Nous ne nous quittâmes que le lendemain matin. Ce fut la dernière fois qu'Henriette dormit chez moi. Durant la nuit, dans notre euphorie, nous avions dressé des procès au monde entier, confectionné d'outrageantes caricatures au hasard de notre délire. Nous trinquions, nous pleurions et notre cycle reprenait. Fureur, affliction, tout y passait. Je ne me souviens plus quand nous nous sommes endormies chacune sur un canapé.

Henriette s'était réveillée la première, je ne revis pas les bouteilles vides. Elle m'avait apporté le café, les croissants, comme aux temps les plus fructueux de nos travaux.

— Montre un peu ta tête, me dit elle en me secouant.

Elle me fit don du plus beau sourire de notre association.

— Ah ! Ça c'était une nuit Mona. Étonnement ébloui qui me restera.

La commode d'Henriette, un tiroir de travers, me reluque. Elle n'a pas vraiment trouvé sa place dans mon appartement. Je suis partie si vite.

Et Henriette ?

Son image est devant moi intacte et vive.

Intacte !

Je m'acharne à chercher la mienne.

Peut-être qu'à rouler sous la vague, vers les fonds du passé, je saurai émerger, retrouver le courant.

Henriette partie, je ne m'étais pas effondrée. Je n'avais pas su mieux faire que choisir de vivre au plus près.

J'avais posé une bouteille sur la table, j'avais disposé mon couvert. J'avais ouvert la bouteille, je l'avais rebouchée. J'avais beaucoup pensé, une phrase, une autre, je l'avais coupée de parenthèses, avais cherché des mots forts, m'étais attardée sur des adverbes afin d'entrer plus aisément dans les actes.

Finalement, j'avais mangé dehors, un menu du jour.

Tout entier. J'avais regardé des vitrines, acheté un peignoir, refait l'ourlet du peignoir. Je subissais mes répits dans la lumière égale du jour.

Ensuite la nuit fut une torture.

Je me dépeignis de tristes horizons. J'étais trop seule, personne ne m'aiderait dans ce qui m'attendait. Quelle force il me faudrait que je n'aurais pas ! J'allais me défaire de l'existence par petits bouts, par gros bouts.

Je décidai, mollement, de me faire mourir. Et ensuite, parce que je n'avais jamais eu une grande soif d'absolu, de ne pas mourir. Alors j'envisageai la lutte, une lutte, la mienne, avec des rites que je saurais inventer. J'avais déjà mis au point une série de salutations aux astres dans des enchaînements qui m'étaient personnels. Je les perfectionnerais.

La nouvelle Mona partirait vers la guérison ! Elle se lèverait chaque matin, dès l'aube, pour des ablutions sur fond de texte antique. Elle sortirait ensuite à heure fixe et prendrait les mêmes photos chaque jour pour une étude de la lumière. Comme avec Jean-Marc ! Ses sorties photo seraient le meilleur exercice pour recoller ses vieux morceaux. Elle saurait aussi se rassembler dans la danse. Mona danse.

Je me chantai à moi-même « Mona danse » et sautillai « Mona danse ». J'avais d'ailleurs, dans ce but, déjà bien aménagé mon espace. J'avais évacué des tas de vieilleries. Pas assez.

Oh ! Et après tout, puisque déjà je ne tirais plus aucune vanité de mes formes, ce n'était pas si mal ce coup du sort, j'y apprendrais autre chose. Je deviendrais humble ou... supérieure. Supérieure... c'était aussi sortir du monde, c'était se mettre résolument au-dessus, au-dessus de la mêlée, c'était affirmer qu'on pouvait se passer des autres. Oui, j'étais seule, mais pas si sûre que cela de m'en contenter.

Avant de prendre mon statut de malade, j'avais rendu visite à ma mère. Elle, elle vivait sereine et sans but, dans la béatitude, ou alors elle avait quitté le monde depuis longtemps et on la maintenait en apparence de vie. Elle faisait vivre des gens, ma mère, on lui facturait des actes médicaux. Louise faisait marcher un commerce.

Je l'avais forcée à m'entendre. Où qu'elle fût, ici, là-bas, dans ce monde, dans un autre, elle devait m'entendre. « Perdre un sein ! Tu vois ta fille, un seul sein ! »

Et puis je m'étais préparée pour l'hôpital.

Quelques jours après mon opération j'avais eu la visite de Marie. Elle était d'abord passée chez moi comme elle l'avait fait quelquefois depuis notre spectacle. La concierge (la seule à savoir où je me trouvais), avait vendu la mèche et avait accompagné Marie à l'hôpital.

Je retins, la voyant entrer là, un début de larmes.

— « Qui pleure là » ? fit Marie.

Voilà qu'elle citait encore « La Jeune Parque ».

— Je ne suis pas d'humeur assez poétique pour vous répondre Marie.

Nous n'avions rien à nous raconter mais entre nous trois se noyait la gravité. Elles m'avaient même fait rire ces deux-là.

Marie m'observait.

— J'ai une idée de robe pour vous Mona.

Elle avait décrit de nouveaux tissus qu'elle pouvait se procurer. Marie avait des sources mystérieuses. Il s'agissait, cette fois, de quelqu'un qui lui fournissait des étoffes introuvables dans le commerce et « à des prix » ! Elle aurait, selon elle, à sa disposition des lins, des soies, des alpagas. Madame Simon lui avait opposé les lainages, les cotonnades et polyesters du marché. Marie avait fait la moue. Je réhabilitai les modestes :

— Pour moi, le marché a son bon côté, dis-je, j'y vais parfois avec madame Simon et je tiens à y aller encore.

Marie, bonne joueuse, avait reconnu qu'on y faisait des affaires et qu'elle ne les négligeait pas.

— Reconnaissez qu'une belle pièce de temps à autre, tout de même.

Et elle avait sorti le paquet cadeau qu'elle avait caché derrière un fauteuil. Elle avait déployé une longue écharpe. Ce tissage moelleux, de rouge et d'or, c'était pour moi.

La concierge avait laissé passer notre moment d'extase, puis, neutre, avec cet air qu'elle adoptait dans les grands moments, elle avait extrait, de son cabas, un petit pot de résédas de Jean-Marc.

— Je crois bien que nous sommes venues surtout pour apporter cela, dit Marie.

Nous nous étions penchées sur ces fleurs traditionnelles, comme sur un berceau.

Elles avaient attendu des commentaires. Je n'avais rien trouvé à leur dire. Ces fleurs de Jean-Marc, ici, à l'hôpital, m'avaient laissée sans voix. D'habitude, il se manifestait pour un spectacle, ma fête, mon anniversaire... Je m'étonnai.

— Vous avez vu Jean-Marc ?

Madame Simon n'avait jamais vu de Jean-Marc, ni entendu ce nom. Les fleurs avaient été livrées, ce matin.

Je me perdais dans mes questions.

Mes deux compagnes ne m'étaient d'aucun secours. La conversation languissait. Nous nous souriions dans une insipide ambiance de salon. Je tins un rôle jusqu'à leur départ. Ensuite, je pris la pause entre mes oreillers, le châle bien arrangé sur mes épaules, mes cheveux, que j'avais encore avec toutes leurs boucles, soigneusement étalés. Je soignais mon aspect, toujours. Il m'avait aidée, comme le tuteur une plante, à me tenir vigoureuse et droite.

Une infirmière était entrée. Elle avait jeté un regard hostile aux résédas.

— Trop fort ce parfum !

Et elle avait ouvert la fenêtre. Je n'aimais plus l'air du dehors et en plus il était froid, il y avait du vent. Je le supportai afin qu'on ne me retirât pas mes fleurs.

Tout à coup je m'étais sentie vide, j'avais voulu me lever un peu, je n'y avais pas réussi. Horizontale plus que jamais ! Non il faut se lever. Mon Dieu, faites que... Je priais pour n'importe quoi, je m'offrais de l'émotion. Tout cela pour un pot de résédas ? Peut-être, tant pis je m'amusais avec l'émotion, elle me distrayait de la peur, la peur de la verticale. La crainte de me lever me revenait sans cesse, elle me rigidifiait. Je ne tiendrai plus jamais debout, avais-je pensé. J'avais toujours compté sur mes jambes, elles avaient été belles, comme les seins, mais mes jambes n'avaient pas fini leur travail, c'était à elles de porter le corps amputé.

Mon dilemme était en l'instant, debout ou couchée.

L'infirmière était revenue.

— Il faut bouger, (elle avait ce ton condescendant qui va bien aux malades) vous étiez plus courageuse avant l'opération.

Ce qu'elle ne pouvait imaginer, c'est comment je m'étais appliquée à me préparer pour cette opération. Comme pour une entrée en scène avant La Première, pour le noir avant le lever de rideau.

Elle avait insisté, elle m'avait obligée à me lever, à marcher dans la chambre, dans les couloirs.

On ne discute pas avec quelqu'un qui sait ce qui est bon pour vous. Je savais que je devrais faire de nombreux allers et retours entre cet hôpital et ma maison. Je me résignais et marchais, marchais.

Tout ce qui, futile ou grave, meuble désormais mon esprit, ma mémoire en a fait son affaire. Elle l'a cousu de son fil.

Alors qu'a-t-elle fait de Véronique ? Cette image de la mort, mon Ophélie !

Dans cet hôpital de tous les dangers, de salle en salle, j'avais accepté de reconnaître les yeux, les démarches et les voix. J'avais suivi le mouvement. Je ne m'étais attachée à personne en particulier parmi les autres malades, mais une fois ou l'autre j'avais longuement parlé à Véronique. Je ne sais même pas son nom de famille. Il n'avait pas été question de maladie entre nous. Nous nous donnions autre chose. Je m'entends encore lui raconter les « Fleurs de Plomb ».

« Ces plantes qui reconquièrent les terres brûlées. »

Véronique s'y était intéressée.

Je lui avais expliqué ce que je savais des plantes purificatrices. Certaines pompaient, libéraient la terre de ses toxines (j'étais heureuse de m'entendre). Il y avait ces fleurs que l'on trouve à l'orée des bois, ou sur les bords de chemin, des fleurs blanches en fines grappes. Elles s'ouvrent à des endroits où l'on rejette les huiles de vidange. C'est vrai, certains pollueurs viennent nettoyer leur moteur de voiture en cachette, sur ces places en retrait.

Fleurs, fleurs…

Je crois que Véronique avait aimé m'écouter. Son attention m'avait soutenue.

Véronique était hiératique. Je lui trouvais un air conquérant et une clarté où j'aurais souhaité me voir.

Puis je ne la trouvai plus durant quelques temps dans le salon du couloir ni dans sa chambre. Elle était chez elle. Moi aussi je rentrais régulièrement chez moi.

Lors d'un de mes retours à l'hôpital, j'appris qu'elle était à nouveau là. J'allai aussitôt à sa chambre. Sa porte était ouverte mais elle ne me voyait pas. Je l'observai d'abord à distance, longtemps, puis j'entrai.

Immobile, couchée longue, elle n'eut pas le moindre tressaillement quand je franchis le seuil.

Elle ne dit rien. Elle avait de grands yeux fixes, et pourtant cette lueur que j'avais pu connaître d'elle. Ces yeux-là me voyaient-ils ?

Je parlai. Elle répondit. C'était un souffle, à peine audible. Je l'effleurai.

Puis je me sentis perdue dans cette chambre.

Véronique était trop réelle, trop intense pour ma faiblesse. Je me détournai d'elle et soudain voulus fuir. Ma pensée s'emballa. Véronique me devint trouble, noyée, Ophélie sous les eaux, dans ses linges. Toujours plus longue, suspendue dans l'éther jusqu'à l'informe.

J'eus très peur. J'allai à la fenêtre, je l'ouvris, le vent me fouetta, j'aurais voulu en avaler, me remplir d'air.

Je revins près du lit, tout près d'elle. Elle ne pouvait plus me voir, je crois. Elle regardait. Ce n'était pas moi.

Elle regardait un indéfinissable.

Je restai, son regard garda la même constance. J'avais, confus, le sentiment de la retenir ici, qu'en ma présence, elle ne mourrait pas. Je partis à reculons.

Son lit devint un immense vaisseau qui parut s'étendre, il se souleva, emplit la chambre. Jamais cette vision ne me quittera.

Je me heurtai à son mari dans le couloir.

— Je vous ai vue dans la chambre de Véronique à l'instant, fit-il.

— Alors je vous laisse, Monsieur. Elle vous attend.

— Croyez-vous ?

Cette question me fut violente. Je lui criai au mépris de l'endroit :

— Mais qui attendrait-elle ? La mort ?

Il eut un geste las.

— Je ne sais pas, madame, je ne sais pas suivre les conseils qu' « ils » me donnent ici. « Ils » ne veulent pas la tromper sur son état. Il paraît que je ne dois rien lui cacher de cette fin qui l'attend. La mort, vous dites ? Eh bien c'est ce qu' « ils » veulent, qu'on laisse entrer la mort, l'idée de la mort. « Que l'on y prépare Véronique ». Moi, j'ai peur de mal faire, de toute façon. Alors je n'arrête pas de me taire. Et elle, elle ne me parle plus.

Il avait abdiqué. Elle était en d'autres mains.

Puis il se mit à parler très bas. Il posait des questions pour lui seul.

Soudain, je me dressai devant lui, lui barrai la route.

— Mais pour vivre quelques jours encore, quelques heures, il faut un appétit d'éternité. Il faut, il faut...

Je sentais monter ma révolte.

— Il faut qu'elle y croie, à la vie. N'allez pas lui parler de ce que vous ne connaissez pas.

Il me regarda, interloqué. Il parut réfléchir.

— Elle fait encore des projets, dit-il. Quelle conscience a-t-elle donc ? Lui parler de vie, lui parler de mort ?

— Continuez à vivre avec elle..., comme si ça devait durer toujours.

Il ne m'avait plus écoutée. Il s'était éloigné. Je l'avais regardé partir. J'aurais voulu cracher ma haine à ceux qui faisaient le vide autour de Véronique.

Je savais moi.

J'avais été plus seule que Véronique. J'étais encore plus seule. Je le serai.

Il semble fini mon calvaire. Fini l'hôpital.
Je reprends pied dans la réalité. Je sais que je suis rentrée définitivement chez moi. Je m'accroche à mes meubles, j'étreins mes tentures, je me colle à mes sièges.

Je regarde mon ciel au-dessus de mes fleurs. Je me baigne, je me sèche, je me parfume, c'est mon air.

Comme tout est moi ici ! J'ai une histoire. Je suis normale. Il me faudra assez longtemps pour y croire. Je veux, pour un moment encore, me souvenir d'une femme entière et jeune. Je ne trouve aucun autre chemin que Jean-Marc dans mon labyrinthe. Il y a tant d'objets ici qui me rappellent cette époque.

Jean-Marc m'avait donné le goût des collections. Il ne pouvait s'empêcher de rapporter toutes ses trouvailles. Et sur les étagères s'amoncelaient des cailloux, des pots... des fioritures. J'en ai gardé beaucoup.

J'ai gardé aussi ses premières sculptures, ses ogives, ses portiques. Nous avions de mêmes élans. Les mêmes paysages nous attiraient.

Je croyais les avoir oubliés. Dans mon dénuement je les retrouve. Ce fut moi tout cela. Rien n'est plus simple, ici, que le passé. Un passé nimbé qui se colore sans efforts.

Des lieux s'imposent. Le monastère où Jean-Marc me fit travailler mes meilleurs croquis. C'était un couvent de femmes. Ah ! Si quelqu'un m'y conduisait aujourd'hui... Oui, une retraite. Et aussi une place pour moi dans le petit cimetière des nonnes, une place de roses et de lierre.

Complaisantes, ces images ! La chapelle sous les ifs sans ombre, les bancs de prières. Et dedans, la cage de la récitante... Belle voix de Phèdre qui troublait les recluses, qui ne chavirait pas que moi.

Jean-Marc rirait.

Lors d'un voyage encore..., il m'avait présenté "L'écorché aux cheveux blonds". Il m'avait d'abord fait croire à un cadavre immergé dans le formol. Comme je m'étais suffisamment émue, il avait rectifié.

— Ce n'est qu'un spécimen de cire fabriqué pour les cours d'anatomie, vois un peu ce que l'on peut faire d'un corps, pour un cours. Pas seulement pour un cours.

Ah oui, le corps ! Je me servis bien de ce que Jean-Marc m'en avait appris pour séduire.

De la part de Didier, cela m'avait valu des superlatifs. La plus belle (bien sûr), la plus souple... Comme il aurait dit, dans une église, la plus pieuse, dans un hôpital, la plus malade, sur un ring, la plus forte. Je constatais qu'à son bras j'étais la plus vieille.

Oublier tout cela maintenant. Je ne dois plus me préoccuper du temps mais le remplacer par l'espace. Je me débrouille mieux avec l'espace. Seule dans mon appartement, je saurai bien m'y prendre. Je comblerai les vides.

Je désirais depuis longtemps « travailler la colonne ». J'ai toujours aimé son envol, son fuselage. J'en ai pris des photos, en Grèce, à Rome, dans les temples, les forums J'ai une réserve d'idées. La colonne me tiendra d'abord lieu de vertèbres. Et alors autour, coquilles, pierres, stalactites ! Le poli, le doux, les éclats, les ombres. Puis je placerai une fontaine pour l'allégresse. Il me vient soudain l'appétit de l'eau. Ses artifices, les mutations...

Oh ! Ces décors qui fleurissent. Déjà, ils fourmillent dans mes doigts. J'avance dans mon paysage. Elles palpitent de promesses, mes plantes, mes pierres...

Je n'ai pas vu entrer l'ombre, c'est déjà le soir.

Je sors sur le balcon. « Les fleurs de plomb » montent droites et au-dessus, en dessous, tout près, au loin, avec le crépuscule, les formes prolifèrent. Elles s'unissent à l'espace sans limites qui flotte devant moi.

Je m'en détourne, lasse déjà, reviens à tâtons vers mon île, mon île d'images, mes tentations.

Je me recoucherais trop facilement dans mon cocon, au lieu d'avancer. Les blessures dans ma chair sont si visibles. Vampire, carnivore ce mal ! Il ne m'a pas assez consumée ? Je ne veux pas qu'il revienne en menaces.

« Il existe des plantes qui reconquièrent les terres brûlées. »

« *Les fleurs de plomb* » *se balancent au vent du soir. J'entends leur froissement. Je me déploie. Elles chantent le monde, son appel.*

Moi qui me suis échappée de l'enfer j'ose enfin me voir. Chauve, rescapée des flammes, je me chausse de dur et je sors.

Écritures
Collection fondée par Maguy Albet
Directeur : Daniel Cohen

Dernières parutions

Claude LEIBENSON, *La dernière pièce du puzzle*, 2011.
René PAGES, *Sans que meurent les jours*, 2011.
Marguerite DESTRE, *D'un solstice à l'autre*, 2011.
Alain DANTINNE, *Patagonia et cætera*, 2011
Michel REDON, *La nuit de Mahler*, 2011.
Abdelkhaleq JAYED, *Embrasement*, 2010.
Luisa VALENZUELA, *Passe d'armes*, 2010.
Geneviève CORNU, *Les fantômes de Clara*, 2010.
Pascal ROY, *Chronique d'une malédiction*, 2010.
Michelle TOCHET, *Le rivage des vivants*, 2010.
Ladislas de DIESBACH, *L'Allée des catalpas*, 2010.
Julien MUSELIER, *Les effacés*, 2010.
Perrine ANDRIEUX, *Tenez-vous droit et fixez l'objectif*, 2010.
Pascal ABEL, *Thérapie de groupe pour un seul homme*, 2010.
Benjamin BOEUF, *Remords*, 2010.
Jean Claude DELAYRE, *L'Anglaise du Dropt*, 2010.
Evelyne VIJAYA, *L'été hivernal*, 2010.
José OGAB, *La Chaconne*, 2010.
José LOCUS, *Rumeurs d'outre-mer*, 2010.
Denis M., *L'homme qui n'aimait pas les fleurs*, 2010.
Yanna DIMANE, *L'exil… et après ?*, 2010.
Guy VUILLOD, *Chère petite montagne*, 2010.
Alexandre BOURET, *Sweet enemies*, 2010.
Eric HUMBERTCLAUDE, *Récréations de Hultazob*, 2010.
Paul VAN ACKERE, *Courts métrages*, 2010.
Janick TAMACHIA, *Au fond du chaudron*, 2010.

L'HARMATTAN, ITALIA
Via Degli Artisti 15 ; 10124 Torino

L'HARMATTAN HONGRIE
Könyvesbolt ; Kossuth L. u. 14-16
1053 Budapest

L'HARMATTAN BURKINA FASO
Rue 15.167 Route du Pô Patte d'oie
12 BP 226
Ouagadougou 12
(00226) 76 59 79 86

ESPACE L'HARMATTAN KINSHASA
Faculté des Sciences Sociales,
Politiques et Administratives
BP243, KIN XI ; Université de Kinshasa

L'HARMATTAN GUINÉE
Almamya Rue KA 028
En face du restaurant le cèdre
OKB agency BP 3470 Conakry
(00224) 60 20 85 08
harmattanguinee@yahoo.fr

L'HARMATTAN CÔTE D'IVOIRE
M. Etien N'dah Ahmon
Résidence Karl / cité des arts
Abidjan-Cocody 03 BP 1588 Abidjan 03
(00225) 05 77 87 31

L'HARMATTAN MAURITANIE
Espace El Kettab du livre francophone
N° 472 avenue Palais des Congrès
BP 316 Nouakchott
(00222) 63 25 980

L'HARMATTAN CAMEROUN
BP 11486
(00237) 458 67 00
(00237) 976 61 66
harmattancam@yahoo.fr

35465 - janvier 2012
Achevé d'imprimer par